·全民微阅读系列·

风吹过

畅玲娟 著

江西高校出版社

图书在版编目（CIP）数据

风吹过 / 畅玲娟著. — 南昌：江西高校出版社，2017.1（2021.1重印）

（全民微阅读系列）

ISBN 978-7-5493-5060-5

Ⅰ. ①风… Ⅱ. ①畅… Ⅲ. ①小小说—小说集—中国—当代 Ⅳ. ① I247.82

中国版本图书馆 CIP 数据核字（2017）第 017524 号

出版发行	江西高校出版社
社　　址	江西省南昌市洪都北大道96号
总编室电话	（0791）88504319
销售电话	（0791）88592590
网　　址	www.juacp.com
印　　刷	永清县晔盛亚胶印有限公司
经　　销	全国新华书店
开　　本	700mm×1000mm 1/16
印　　张	14
字　　数	160千字
版　　次	2017年1月第1版 2021年1月第2次印刷
书　　号	ISBN 978-7-5493-5060-5
定　　价	45.00元

赣版权登字 -07-2017-35

版权所有　侵权必究

图书若有印装问题，请随时向本社印制部(0791-88513257)退换

目录

第一辑　城南旧事 / 1

细腰 / 1

城南旧事 / 4

药不能停 / 7

简单年代 / 11

洛阳人 / 13

暮鼓 / 17

骗子 / 20

在人间 / 23

我弟弟苏戏 / 25

人生中的某些片段 / 30

一个女人的另一个决定 / 33

畅先生和他的粮仓 / 36

畅先生在餐桌上讲故事 / 40

劫持自己 / 43

悖论 / 46

我的小说 / 48

槐花村的故事 / 51

第二辑　光阴不能剪 / 56

如果在北京遇上柠檬 / 56

光阴不能剪 / 59

美丽的邂逅 / 62

余钱概不外借 / 65
我和我的朱丽叶 / 69
走着，走着，天黑了 / 71
阿细的抉择 / 74
自心 / 77
俗事 / 80
二十三岁那年的艳遇 / 83
省庄鬼脸 / 86
祖辈 / 89
另一个自己 / 92
腊伟夫妻 / 95
到洛河岸边去看海 / 98
清明时节 / 101
大火 / 104

第三辑　透过开满鲜花的月亮 / 108

天地乾坤 / 108
星星索 / 112
从前有座山 / 115
山上有座庙 / 118
亲爱的坦尼尔 / 120
呼唤黎紫书 / 123
呼唤黎紫书的人 / 126
透过开满鲜花的月亮 / 129
慢慢地，都会长大 / 132
37°爱情 / 134
一个秘密 / 138
掩埋 / 141
整个下午 / 143
遗忘 / 146

钓鱼 / 148

新邻居 / 151

丫头上学 / 154

情人节快乐 / 157

回家 / 159

第四辑　请允许冲动 / 163

每个人都会遇到怪物 / 163

我和小 A / 167

请允许冲动 / 169

暂停 / 172

你不会爱上这样一条狗 / 175

普洱 / 178

午后 / 180

理发 / 183

行动 / 186

彩虹糖 / 189

嘿，朋友 / 192

送你一瓶杜康酒 / 195

最后的微笑 / 197

踏歌行 / 201

又生 / 204

第五辑　祝东风 / 208

人烟 / 208

俏俏小媳妇 / 212

私奔 / 215

第一辑　城南旧事

　　古老的砖墙像古老的故事一样，里面都有着太多的记忆，只是不曾诉说出来。但是今晚它们像发了魔，突然开口说话，要把那曾经积累了一肚子的曾经过往，全部倾倒在月光里。那里面也许就有你的过去、我的现在或他的未来……

细　腰

　　你不认识朱公子，无妨，但是你一定听说过朱公子这个人——有着三分才气七分品味，平时喝点小酒也附庸些风雅，长得人畜无害，却有一腹浪漫情怀……

　　朱公子爱细腰。
　　朱公子说，女人分三品。一品韵，二品气，三品腰。
　　韵讲究的是韵味，气讲究精气神，腰嘛，朱公子说着，突然停了画笔，站在大大的落地窗前深深叹了一口气。

风吹过

正逢集日。朱公子的画室楼下占道经营的野生贩子很多。卖柿子的，吆喝大黄瓜小西红柿的，还有讨价还价嚷嚷着吵起来作势撸袖子要打架的。

朱公子扭头皱着眉毛对小雀说，浊气，此地段浊气太重。

其实也没那么糟糕。只不过是逢集日稍微热闹些罢了，素常这里还是很安静的。

但朱公子苦笑，并伸出纤弱的兰花指一戳说，看嘛，外面这些哪里还能够称得上是女人？

说也怪，朱家集的女人们怎么一个个都生得浑圆粗实的，够得上朱公子那些标准的的确少之又少。就连小雀……嗨，这小雀要是瘦点就好了！

所以，这朱公子在朱家集其实没什么朋友，朱公子走在朱家集，往往就是风一样就飘了过去。其实说风也不完全对，毕竟人家朱公子那么大一个活人放在那，且还没那么瘦。再说，下了八仙桥，朱公子还总要站在卖茶叶的老徐店铺前称上二两新茶的。

但朱公子除了这些，脸扬得老高倒是不争的事实。

人们对朱公子的行为嗤之以鼻。

有好事者就把话捎到了朱公子的耳朵涡。说，靠，朱家集的女人多好啊，你猪大肠还看不上，好啊，那你猪大肠别找朱家集的女人，有本事你打一辈子光棍。哦，说到这里，要说些题外话，忘了交代，这里提到的猪大肠当然是那些嫉妒朱公子的人说的，但人家朱公子可是向来不认领的。不认领归不认领，说话的人可不管这些。

好在朱公子也不在乎。大有任由你说的气度。

第一辑　城南旧事

朱公子不画画时就会端起透明的玻璃盏，悠悠地嘬一口小雀新斟的绿茶，再闭上眼睛默默地品一会儿，然后睁开小小的眼睛问，朱家集有什么好？小雀就柔柔地笑，说，是没什么好的么。的确，朱家集除了盛产绿茶真的找不出区别于别的集镇的好了。

譬如，你说朱家集有山有水有桥。可别的地方也有啊。你要是再说朱家集的女人……打住，打住，朱公子势必会站起来，晃晃悠悠到你跟前说，大哥，拜托你有点品味好不，朱家集的女人，这朱家集的女人还能算是女人吗？

朱公子正说着，突然结了舌，冲着正踏进门的小雀说，小雀，你，你穿的这叫什么啊？

小雀就笑，超短裙或迷你裙啊，今年很流行的。说着，就在朱公子面前旋了一个圆圈。

可朱公子恼了，涨红着脸一把将小雀拽进了画社的里间。

小雀在里间边换衣服边哈哈大笑，说干嘛啊，莫名其妙嘛，这短裙今年很流行的。

说着，小雀还是换上了朱公子画室的店服，一袭印染着翠竹的小汉服。

这套汉服是朱公子特意在网上给小雀订的。朱公子说，咱这一条街既然是古街，小雀你来这里上班就要穿上汉服才好。小雀当然不会去反驳朱公子，毕竟每月好几大千的大洋要从朱公子手里领走。再说，穿上那汉服，再把扎起的马尾放下来，在头顶绕来绕去绕成一个蝴蝶髻，再斜插上一朵小玉兰看上去还是很美的。

风吹过

但朱公子还是叹气。

朱公子说，腰啊，你看看你的腰！

那时，小雀已经不穿汉服了，也一改从前的温顺。

只管撸了袖子，竖起眉毛嚷嚷，腰，腰！奶奶的，整天在老娘面前嚷嚷个腰，老娘这不是怀了身孕了吗？哪里还有什么腰？！

朱公子逢了这情况往往是先缄默一小下，一小下啊，一秒钟都不到，就忙不迭地跳过来，绝对是跳过来，扶住小雀说，娘子，娘子，我的好娘子，玩笑而已，且莫动了胎气啊。

哈，这故事讲得掐去了中间，只留下了头和尾。也是自己把自己宠懒了。看官，中间部分，你给续上去吧。我且陪着朱公子喝茶去。新到的，信阳毛尖。

城南旧事

说的还是朱公子的事儿。朱公子这人，如果你仔细观察肯定会觉得他是古代穿越过来的，为什么？太温柔太体贴了！虽然总是带着一种老子天下第一的口气，但是那个会疼人啊，总让你会忍不住想嫁给他。

朱公子叫我小老婆。

小——老婆，过来。朱公子说。

朱公子说的时候，合起手里的书，抬眼望我，传递过来的柔情蜜意能把人淹死。

第一辑　城南旧事

我顿时窒息，抑制住心跳问，干吗？又干吗？

去，给老夫沏杯茶。朱公子常常在我面前自称老夫，边说还伸出细白瘦的手，捋捋自己的下巴。每次，我都忍不住发笑，常常想这下巴也忒不解风情了，捋了这么久，至少该生出些胡子来配合朱公子才是。朱公子不懂我的笑，却跟着我的笑而笑。

边笑，边朝我努努嘴。我明白他的意思，要绿茶，要浓茶，要新茶。

看我低着头忙碌，还嘟着嘴一副极不情愿的模样，朱公子就笑，说，谁叫你小我这么多！

我不服，踮起脚尖问，是论个头么？

个你的头！朱公子说着，用手里的折扇点了一下我的额头。

朱公子比我大三岁。离异。

关于他前妻的一切，我从没问，他也没说。

虽然我很想知道，但我心里明白，知道了无非是给自己徒添烦恼。

我的一切倒是都对朱公子和盘托出了。但我现在不认为自己做的完全正确。

譬如，时不时地，朱公子会突然问我，你当初怎么那么傻？你和他摆明了就不合适好不好？逢此时，恼怒不得的我常常是头一仰，该做什么继续做什么，看我肃穆着一张脸，朱公子就会立马打住换个话题来岔开。这也是我比较欣赏朱公子的地方。

之前的那个，每次吵架都倔强高贵得像爷，为了家庭和睦，我不得不装孙子。后来，那爷给我带回来个奶奶，

风吹过

我连孙子也装不下去了。关于之前，我能给出的就这么多。不是多么的无情，而是事情过去太久了，除了亲情，其他早就寡淡褪色了。

看到朱公子养的绿萝，使我想起来些许。我说以前我也养绿萝呢，只是都养死了。

我说，这些吊兰你怎么养这么好？每一片叶子绿油油的呢。说我好喜欢这些垂吊下来的小吊兰，简单有韵。说着，伸出手去抚摸，视线却被角落处那盆怒放的栀子花吸引。好香啊，好美哦。我几乎是一下子就扑了过去。

我喜欢会养花的男人。

晚上，我在QQ签名写下了这几个字。

立马有好友跟着问为什么？我说会养花的男人细心温柔，若是他把女人也当作花来养，那女人一定会很美，像一朵花儿那样绽放。

我是写给朱公子的。可是朱公子并没有看到。

其实我也不能断定朱公子看没看到。但那句话之后，我们的关系渐渐近了。

我们一起吃过两次自助。一次我请他，一次他还礼。两次自助的时候，朱公子都给我剥过虾，还告诉我女孩子不要怕自己肥，要吃饱了再减肥。

结果我吃得好撑，饭后只好散步消食。朱公子帮我拎着包。

有段时间，我很苦恼。不知道自己究竟该怎么做才能使我们的关系更进一步。

有闺蜜给我支招，你可以晚上约他看电影。我当即订了电影票。

第一辑　城南旧事

可电影票还没亮出来，朱公子说晚上要请我吃饭。

朱公子果然是请我吃饭。他骑着电动车把我拖到了菜市场，拉着我和他一起站在摊位前看他讨价还价，买青菜萝卜和羊肉。到了他的小蜗居，按着我的肩膀把我安放在椅子上，然后给我倒上一杯清茶拿来一本书。书很美，小开本，封面做得也雅致，只是我翻也没翻。

朱公子自己在厨房忙活。透过玻璃门可以看到他的侧影。

侧面看，朱公子的体型挺拔，有型。小小的蜗居整洁有序。

水龙头哗啦啦开着，青菜绿油油的在朱公子手里翻转，我听不清朱公子到底在哼唱些什么，但那些愉悦却准确无误地穿透玻璃门递给我。

后来，我问，你那天到底唱了些什么？

朱公子就笑，边笑，边伸出胳膊圈住我问，真想知道？

真想。我老老实实地回答。

去，先给老夫沏杯茶。

药不能停

生活开始于憧憬延伸于抱怨或唠叨终结于沉默或无话可说。所以絮絮叨叨或者埋怨并不是生活的结束，而是夫妻间的续命丹药。肯抱怨的妻子，至少说明对生活还是有着一种执念，即便像情节中的她那样毫不自觉。

风吹过

刘青梅是通过同学微信群加上我的。

我们先是在同学群里聊了会儿。刘青梅说，天啊天啊，原来经常在晚报日报上发文章的冷清秋就是你啊？你现在是作家？！天啊，我可是在上周五的晚报上还读到你的一篇文章呢。写得啥呢……哎呀，我一时想不起来了！

我想了想，半个月前报纸的小编确实问我要走了一篇散文，就默默笑了笑。

见面后，刘青梅还像以前那样健谈，她先是瞅着我的脸审视了好几遍，接着愤愤不平地抱怨说，你到底吃了什么灵丹妙药？这么大年纪的人了，还是像个小姑娘似的年轻漂亮！

看我沉默，就换了话题说，哎，你咋会叫冷清秋嘛，干吗不直接叫畅言？畅言这名字多好呀，你的本名本身就很文艺范啊，冷清秋这笔名倒是显得冷了点。

我被刘青梅的许多话题拽着，不由自主跟着她回到青葱校园，回忆了下我们二十多年前在镇高中读书时的一些事情。有的我已经没有印象了，有的，还记着些。但高中时住校，我们俩经常熬夜在一个被窝卷里读小说还是比较真切的。后来，刘青梅突然说听说你离婚了？

我怔了下，又轻轻笑了一小下说，嗯。

刘青梅也跟着笑了，整个人似乎放松了下来，说，说真话啊，我真是打心眼里佩服你羡慕你呢，一个人多好，想干啥就干啥，没有太多烦恼和牵挂。

我认真地说没觉得好，也没觉得不好，其实更像是一种习惯。久了，惯了，安于现状了，波澜不惊就懒得

> 第一辑 城南旧事

破坏了。刘青梅没接我的话头,却几乎是咬着牙恨恨地说,你还记得王小超吧?我是打算好了的,过一段就要和王小超离婚!哪怕再难也要离婚,哪怕就是我死了都要和王小超这个窝囊废离婚!!我很吃惊,却懒得问为什么了。

刘青梅说的王小超我也认识,人有些害羞,喜欢报着嘴抿住将要泄露的笑。高中几年,我几乎没和王小超说过一句完整的话。但他们俩却是我们同学里唯一早恋,又恋爱成功的一对儿。不过说到恋爱内幕我可是清楚,完全是刘青梅倒追的王小超。

那天刘青梅怪怪地问我要针要线,她不知从哪弄一件男式的中山装,说上面的扣子松动了,要给缀一缀。就是在刘青梅缀扣子的过程中开始说起王小超的。刘青梅说,王小超这人吧,看着实在话不多,人还是比较细心温柔的。接着刘青梅告诉了发生在下午的一件事。刘青梅和我说了后,我也感动了。于是我就静静地看着刘青梅在煤油灯下一针一线地缀扣子。没有黑线,刘青梅直接用的是缝被子的白线。但这丝毫不影响刘青梅脸上的快乐。

她边缀扣子边咬着嘴唇悄悄地笑。灯光下,红扑扑的脸上光彩照人的。不明就里的我还纳闷,说,哎,好好的,你老瞎乐呵什么?刘青梅不回答我,却反问我,哎,王小超是独子,家里竟然还有三辆大卡车煤你知道吗?

挨到半夜我算了下,将刘青梅嘴里的许多废话撇去,有用的串在一起也就四十四个字:刘青梅被毫不提防的例假绑在了凳子上,王小超不知道怎么发现了,就把自

风吹过

己的中山装脱下来救了急。而刘青梅竟然兀自哑摸了大半夜。

想到这些,我不以为然地笑笑说,说说吧,干吗要离婚?

干吗要离?刘青梅跺跺脚说,我也是一忍再忍,实在受不了了!

然后就像打开了话匣子,开始了没完没了的控诉。

从刘青梅的滔滔不绝里我知道那三辆大卡车煤早因为两场车祸成了历史,还拉了大笔的外债。这几年,两口子筋疲力尽赚的钱都去填了那时的窟窿;女儿读技校没读完不读了,自己报考了导游,天天跟着团到处跑;王小超的右腿落了点残疾,走路一瘸一拐的。现在刚筹钱买了一辆电动三轮,天天靠着车站的人来人往赚个一星半点的买菜钱。说着说着,刘青梅突然哭了。开始呜呜咽咽的,后来就不管不顾地号啕大哭。递了几张餐巾纸后的我没办法,只好起身关了家里的窗户。刘青梅红着眼睛说,你不知道我这日子过的是越过越没个盼头了,有时真想一个猛子扎到洛河里一了百了算了。

送刘青梅回去时路过一家药店,她执意要下车。说,就到这吧,反正离家里也没多远了,我要下去买些东西。我问她买什么?刘青梅咬牙切齿地说,买脚气药!你都不知道王小超那个死骗子的脚气有多可恨,一二十年了,用了多少药,愣是见轻不见好,这不,刚停药了没两天又严重了,要是不赶紧买,立马就会传到我的脚上了。

说着,刘青梅就拉开车门跟我挥手再见。

我望着她,突然止不住想笑。

第一辑　城南旧事

简单年代

总有些不甘，即便在这样一个分手如此随意的年代，那种感觉依然很不好。是话说得过于鲁莽，还是有些东西没有交代清楚，不知道身为读者的你，是否能替她回答。

再见。拐过路口，他说。

再见。她也冲他微笑。

他挥挥手，开始转身。她镇静地看着那围着卡其色围巾的身影渐远，直至消失。

原来分手就是这般。她想。

挺简单的么。坐在别克车里好长一段时间，她还在暗自庆幸。挺好，谁也没受到伤害。

她这么想着，甚至因此直起身子，长长呼出了一口气。

车窗外面不知何时飘起了雨，细细的，但却缜密。她照照镜子，镜子里的女人有着长长的睫毛，精致的妆容。除了脸色稍加苍白外，依然那么美丽。

真好。她对着镜子里的自己说。

就该是这般。毕竟年代不同了么。何必要婆婆妈妈。

如果不是别克那突然加大的马力。如果不是在拐角处和对面奔来的那辆灰色轿车相撞。

不，那其实并不能说明什么。至少，女人自己都不承认。

风吹过

如果你非要从她满是伤痕的脸上辨认出点什么，你一定会失败的。

是的，被卡在车里的女人看上去脸色镇定自若，她不但没有哭，甚至没丁点的悲伤。

直到……

直到那辆警车呼啸而来。

直到那个皱着眉毛的警官从警车里跳下来。

是的，跳下来，动作敏捷。

躺在医院好久的女人却始终不肯睁开眼睛。

警官只好再次叫来医生询问，她真的没受伤吗？一点都没？

医生笑笑，说，都是皮外伤，无碍。实在不放心可以回去口服少量的镇静剂，安心睡一觉，醒了，就好了。

女人长长的睫毛就是在此时忽闪了两下，忽然就发飙了。

谁说我没事？谁说我没事？！我要求再次对我的全身作进一步检查。

女人说着，鼻涕，眼泪就涌了出来……

那么，你到底哪里不舒服？医生把皱着的眉毛舒展，再次耐着性子问。

女人却反问，你说没问题就没问题吗？如果我回去后出了事，你负责吗？还有你，女人说着手指猛然一戳，指着警官说，报警的时候你们都到哪里去了？那么久，才来……

这件事直折腾了好几个小时。直接延误了医生和警官的正常下班。

医生加班加习惯了，回去后妻子像往常那样抱怨了几句，就没再多说什么。

倒是警官，总也迈不过去这个坎。他今天过生日的女友在电话里咄咄逼问，不是说好了么？怎么让我白等好几个小时？连个电话也不肯打，还不肯接？你到底还记不记得？你说今天什么日子？一年有几次？你心里到底有没有我？！

坐在大排档喝闷酒的警官听了很久，终于发火了。拎起刚喝完的酒瓶就甩了出去。

天知道他怎么会发那么大的火，向来很温顺的性格。

酒瓶在半空划了个优美的弧线，向马路上飞去。那时，一辆大卡车正迎面奔来，反方向驶来的是辆载满人的公交……

至于后来发生了什么，暂且保密吧。今天的事情已经够多了，明天再说如何？

具体情况，请查阅第二天的新闻早八点或交通广播。

但这些，围着卡其色围巾的男人和女人永远都不会知道。永远。

就像，我们有时觉得一些事情离我们很远。远的仿佛来自远古。

和我们没有半点关系。

洛阳人

历史总会翻过某一页，但是情感的回望却如此悠远绵长。有些人活在旧时代里，有些人诞生在新社会之中，

风吹过

但总有一些记忆犹如符号一般,印在你的脑海。一句你是哪里人,就回答得如此曲折和触动衷肠。

我,是洛阳人。

打小,在洛阳出生。

后来,踩着洛阳的黄土地长大。

下面要讲的故事和洛阳人陈铁柱有关。

也不对,下面的故事完全是我爹断断续续讲给我的。

他说1944年初夏,咱洛阳老街上做生意的人一下子少了。

那天,陈铁柱的黄包车没拉到什么生意。

老街上冷冷清清的,陈铁柱干脆就靠着黄包车打盹。

红姑急促的呼喊声却渐渐近了。

她扶着大杨树喘着粗气说,铁柱,铁柱!翠翠被日本人抢走了!

可陈铁柱还是继续靠在黄包车上打盹,眼皮都没撩一下,冷冰冰地说,活该!

红姑急了,骂道,陈铁柱,你他妈的到底是不是男人?为点小私情就不管人的死活?好歹翠翠也是和你相爱一场的女人,如果不是为了自己多病的老爹,她愿意嫁给猫三那混账东西吗?!陈铁柱这才从黄包车上跳了下来。

可等陈铁柱紧赶慢赶跑到东花坛时,日本人早走了,只剩下迎亲队伍中的瘸新郎猫三匍匐在地抱着一只绣花鞋号啕大哭。

翠翠是被抢走的当晚失踪的。有人说她是咬舌自尽

第一辑　城南旧事

了。也有人说是惹恼了日本人被他们用的化骨水给化了。总之，打那以后，翠翠就再没出现过。

陈铁柱是在三天后成功混进了日军伙房的。

这和陈铁柱他爹有关系。他爹活着时擅长做洛阳水席，谁家有个红白场他爹必定是最先被请过去的人物。可身为独子的陈铁柱性子烈，就是没学会他爹教做的水席，但在他爹的打骂下，陈铁柱切萝卜剁馅包包子却是日渐娴熟。好在日军也吃不惯水席，倒是一个叫山本的军官对带馅的情有独钟，就把铁柱带进来给他做包子。

陈铁柱很细心地择菜，埋着头剁馅，再把发好的面团放上碱面在面案子上来回揉。直到揉软，揉发，揉出弹性来。然后开始填馅包包子。

陈铁柱去给山本送包子，可山本指指包子，叫他直接丢给卧在门口的大狼狗吃。

给狗吃？陈铁柱愣了一下，旋即就明白了。他拿起一个包子塞进自己的嘴里狼吞虎咽。吃完，张开嘴给山本看。山本笑了，说，你的良民大大的好！

就这样，陈铁柱每次送包子都自己先吃一个。渐渐地，竟取得了山本的信任。

尤其是一次送包子得知山本的日本婆娘难产，陈铁柱深夜下着大雨跑回老街，给架来了筛成糠的喜婆老端，端大娘。

到底是老街的接产高手，端大娘看见产妇一下就不筛糠了，又是指令烧开水，又是指令找杆草铺床，待一切就绪，端大娘的两手在产妇肚子划圈似的上上下下游走。说来也奇怪，原本只生出一只脚的产妇竟然不闹腾了，

风吹过

没消个把时辰另只小脚尖也乖乖过来了。在端大娘的抚顺下渐渐顺直，小孩也一下出来了。

可小人儿脸色青紫已经快没气息了，端大娘不慌不忙拎一对儿小脚，将小人儿倒拿，枯姜似的大手在小人儿脊梁"啪，啪"两巴掌，"哇……"小人儿原本憋紫的脸就泛活了气息。

山本大喜，要奖赏喜婆老端，老端却摆摆手快步走到陈铁柱面前，抬手就是"啪啪"两记耳光。陈铁柱是两个月后才知道自己被传成汉奸的。

汉奸就汉奸吧。陈铁柱对自己说。

说着，陈铁柱把自制的一包包药面面悉数倒进了水缸……

陈铁柱逢人就炫耀他如何用几包祖传的药老鼠面儿，整死日本人一个小分队的事。

我也是大了点，才知道我爹嘴里说的陈铁柱其实就是他自己。

才想起来问，当时你也吃了毒包子的，怎么会没事？

爹就得意地笑，说，自家药不死自家人。

又说，上天有灵，祖宗保佑，懂不。

还拿指头戳我的脑门，说老子要是死了，哪个来养活你小鬼子！

我是个小鬼子，打小虽然别人说，我从来不信。

但长大后，不得不试着把自己和陈铁柱的故事串成串。

陈铁柱说，就剩你一个了，你个小鬼子就那么躺着望着老子哇哇大哭，能咋样么！

在离开前的一个晚上,陈铁柱和我一起坐在又凉又白的月亮下喝茶。

我们都默默地,只是喝茶。茶被水冲的淡而无味时,他突然说娃,你记住,你是洛阳人。

——我,是洛阳人。

在洛阳出生,在洛阳长大。

说一口流利的洛阳土话。

喜欢喝疙瘩汤,浆面条。

尽管,身居大阪。

暮 鼓

有无处安放的青春,也有乡关不知何处的暮年难以托寄。半个街道,一个老头,数声唱腔,道不尽心中愁绪,讲不完故里情长。

方老爷子在南京城突然有了去处。

他在鼓楼附近新认了一门亲戚。此后,逢年过节什么的方老爷子总要拎点东西去看望。其实,也不是单逢年过节。隔三岔五的方老爷子常去。

去了,无非也就是熟人见面时常说的那几句老话。说完,就没话了,俩老头都靠在那个旧沙发上晒太阳。有时,方老爷子去了,亲戚正在忙着。方老爷子就自己靠在沙发上,看天,看云,看飞过的鸟,树上落下的叶子。或者干脆弹弹衣襟上的灰,站起来跺跺鞋上的尘。

风吹过

对了，忘告诉你了。方老爷子这门亲戚可不是个吃闲饭的。虽说年纪有七十多岁了，但眼不花耳不聋的，不但会剃头刮脸掏耳朵，还会在生意不忙时，撸起袖子，虎虎生风地打一套小洪拳。但最最吸引方老爷子的却是他会吼那种叫人听了连肠子都打颤的秦腔。

当初，方老爷子就是被这一嗓子给拽了去，再也挪不开脚步。

原本那天被儿子载去听戏，经过鼓楼附近时，远远地传来一嗓子，如老汉哭坟般凄凉婉转，方老爷子一下子坐直了身子不瞌睡了。待第二嗓子透来时，方老爷子说，掉头！掉头！赶紧的！！人和人之间向来讲一个缘，也讲究一个巧。那天，这机缘巧合就撞在了一起。

方老爷子那天坐在理发棚的破沙发上看人家边忙活边唱曲。

掌灯时分才想起走。人站起来，却又扭回头，一脸羞涩地说我喊你声老哥吧。说完就真的叫了一声老哥哥。紧接着，老陕话羞羞答答就出来了，其实我叫你老哥你也不亏啊，眼看你是要长我几岁的嘛。多了我这个老弟，虽说帮不上什么忙，但是逢雨天黄昏过来还是可以的。看对方并不多言语，方老爷子就挥挥手说，不管你认不认，这门亲戚我今儿算是认了。今儿算是摸个门，以后咱常来往哈。

第二次来的早上，方老爷子一踏进来，将手提袋朝破沙发上一扔，说，看看我给你带啥了？亲戚瞥一眼却不悦，慢腾腾地说，弄这干啥嘛，来就来吧，礼节还怪大。话虽这么说，后来端起桌上那个紫砂壶还是吱溜溜下去

第一辑　城南旧事

多半壶。

亲戚忙时，方老爷子就和来理发的那帮工人们唠叨，也不管听不听得懂，爱不爱听。反正只看一支支递过去的烟被对方接了，就拉开了话匣子。方老爷子常常感叹，说，难得我这把老骨头老了老了，还能有这福气。免费理发不说，还能听到乡音听到戏哩。再来，看亲戚在数零碎钞票，方老爷子就打趣，老哥你干脆费费事，收下我这个徒弟如何？

有时，方老爷子干脆半下午过来，来时揣上自己常喝的烧酒，路上在熟食店包上几样卤味。俩人能从下午直喝道月挂树梢。有时，亲戚也搓着手挽留，说要不……就歇这儿吧？方老爷子却说，你再来个信天游，我踩着你的曲曲儿走。

就这样，一次次的，听着来，听着去。方老爷子以为可以一辈子。

可有一天他赶来时，工棚不见了，简易的理发棚也不见了。仰起头，才发现高楼已经建成了，正在清理周边环境。方老爷子急得见人就拽，很费劲地描述，却没一个人晓得。

抬头看看那鼓楼还在，暮色渐隐下如燃烧后的碳透着暗光。方老爷子突然很想爬上古楼去看看。这想法一出来他就真的站在了鼓楼上。

爬上去，方老爷子发现世界被分为了两层。街道上喧闹嘈杂，人潮汹涌，车水马龙，霓虹闪烁。仰头，天空沉沉的晃得很低。

骗　子

假如生活欺骗了你，那么现在你也需要像文中顾佳佳那样，坐下来好好想一想了——当然也许你还未发现自己的生活竟然是这样子的，那么不如就静静地看顾佳佳是怎么想的。

谈恋爱时，管橙从来不主动去牵顾佳佳的手。

俩人去逛街，一前一后的。顾佳佳往往要停住脚步回头找一找，才能看到管橙从人堆里挤出来，再满头大汗地冲着顾佳佳走过来。有时，并排走在林荫下，有风在耳边来去，看着经过身边的男男女女，顾佳佳忍不住拿手去碰触管橙，管橙居然丝毫不觉地自顾自看着掉在脚下的树叶或者是自己的皮鞋尖尖。

后来，顾佳佳恼了，直接将身子横过来，挡在管橙面前气呼呼地问，管橙，你是不是不喜欢我？不喜欢我你明说，咱们好聚好散，用不着这样装正经！

争执事件发生一个半小时后，还是在林荫下，管橙突然不管不顾把正在僵持的顾佳佳拽进了自己怀里。继而用迅雷不及掩耳之势就吻了过来。

顾佳佳一阵慌乱，先是作势要挣扎的，但她很快就发觉自己的挣扎显得那么虚伪，索性就顺势而为地闭上了眼。管橙很是温柔地将亲吻落实到了顾佳佳的额头上。顾佳佳闭着眼，闭着，但她不是陶醉，而是很想很泼妇

第一辑　城南旧事

地破口大骂管橙一些什么，在顾佳佳的积攒的愤怒快要爆破时，管橙对顾佳佳说了一句话。他说他从来没谈过什么恋爱。

顾佳佳愣了三两秒，一下子就信了。

一个没谈过恋爱的男人，一切都是空白。这么想着，顾佳佳突然为自己曾经有过的两次恋爱经历惭愧不已。所以，积蓄的怒气一下子就烟消云散了。

后来，当顾佳佳带管橙回家，虽然遭到了家里人的一致反对，但这反对反而迅速促成了他们，顾佳佳二话不说卷起铺盖卷就搬到了管橙的住处，投进了管橙的怀抱。

从婚姻登记处回来的那个晚上，两个人并排坐在管橙的小阳台喝茶。正亲昵时，房门被"嘭嘭嘭"擂响了。管橙犹豫了下站起来，撇开顾佳佳去拉门。拉门前，顾佳佳充满疑惑地瞪着管橙，管橙没奈何，只好实话实说。房东，来催要房租的。

顾佳佳这才知道，自己花费心思装潢一新的新房原来是租来的。

等顾佳佳耐住性子迎接房东和打发走了房东，这才开始静下心打量他们的二居室。

之前，只觉得房子小，又安慰自己小就小，够住就行，没想到竟然还是别人的。所以当晚的亲热就不自觉减少了几分热情。还在中途停下来问，之前你怎么没告诉我？

管橙倒是得了理了，言之凿凿地说，你从来没问啊！

是啊，确实没问过。真的真的没问过啊。顾佳佳心里苦笑，但也只好静下心来安慰自己，怕什么，都有手

风吹过

有脚的，再说这一步不是自己选择的么？好，就这样吧。

但三个月后再次生出了波折。那天顾佳佳闲得无聊，就在书橱里挑几本小说读，一本诗歌评论掉到地上，一张照片也随之从书里面翩然落下。顾佳佳愣了下，捡起来看了两眼，又放回去。放回去，又觉得不对劲儿，重新再拿出来，细端详之下果然有了新发现。照片背面有一行不起眼的铅笔字，不是很清晰，但从字迹判断是管橙写的。

尽管只是年月日的统计，但顾佳佳却感到了许多不安。

那时的顾佳佳还不知道这只是一个开始。随后的随后，会有更多的蛛丝马迹一点一点显露出来。譬如来往信件，譬如一首首浓情蜜意的情诗，一些合影照等等。但这些都隐藏得比较深，有的在管橙的个人邮箱里，有的在管橙的硬盘U盘里。顾佳佳一时还真的与它们相遇不到。要到许多许多年后的某个下午或者晚上，顾佳佳才会很偶然地发现这些。但那时一切都晚了。都来不及了。那时的顾佳佳已经是两个孩子的母亲。她的所有青春早已被管橙这小子打劫挥霍。看到时除了瞬间的沉默，难过之后就给丢到了一边了。因为，顾佳佳要为一会儿去开家长会穿什么衣服花费时间，还要考虑家长会结束去菜市场买排骨。如果卖排骨的不在，干脆就杀条黑鱼。另外，晚上要和大女儿谈谈心，老师打电话说她在学校有早恋迹象了。

一辈子好短，一辈子好长，所以现在，我们不妨让顾佳佳暂时安心些。

所以当天晚上，顾佳佳扭给管橙的脊背很快就被管橙搬了过来。

管橙说,顾佳佳我发誓,我是真的只爱你一个女人!

顾佳佳说,骗子!管橙,你就是个骗子!!

在人间

世相百态,悲欢离合,嬉笑怒骂,甜言蜜语。有时候是过日子,有时候则感觉好像是在被日子过,就像双排轮的大卡车一样直接从你的感觉上碾过去。那滋味儿,就别说了。

聚会结束时,大家都喝高了。

想起明天还要加班,你率先站起来说,我先走了,有事给我打电话。

一大帮伙计"哄"都笑了。笑声里,阿超斜睨着你说,凡哥有手机等同于没手机!你也笑了,说,靠,谁还没谈过恋爱么。

的确,这段时间,除了上班下班,但凡挤出点空,你就和喵喵在电话里卿卿我我。上个月你粗略算了一下,光给喵喵充话费和买礼物就花了三千出头。

好在喵喵说了,十一放假,她要过来看你。如果可能的话,会在这里待几天。这算是这八个月来你捧着宠着的最好结果了。你已经盘算好,要带着喵喵去吃金钱豹自助,还要带着她去动物园看你最喜欢的那只长臂猿。如果喵喵同意,你还想带着她回老家一趟。至于晚上睡

风吹过

在哪里，你也盘算好了，医院附近的那家商务酒店看上去很不错。贵是贵点，总比带到你租住在姜寨的贫民窟强。那地方，外来人口居多，脏乱差，当时为图便宜，你租住的一楼一点光线都进不来。最最主要的是，那个房间你很久都没收拾了。

可你没想到算好的假期会被取消。

你更没想到喵喵听了，会在电话那端咯咯咯地笑。

你受不了电话那端透过来的轻松。也是少年心性藏不得一点疑惑，你赶在电话里追着问，喵喵，你是不是根本就不想来啊，你不想来见我是不是？

喵喵却说，什么嘛，明明是你没有假期好不好！说完，喵喵又咯咯咯地笑了。你实在听不得那样的笑，就赌气挂了电话。

加上实在是事情多，你忍了整整一天没再拨那个号码。

后来手机在裤兜里颤抖时，你却根本顾不上接。

那时的你，正两手按在病人胸口一上一下持续地发力。科里常住的一个老病号陡然出现病危，人命关天，一时正交接班的护士医生们都和往常一样自觉地配合抢救起来。但一个小时后，所有人都垂下了头。

这抢救，终究没挽留住老人远去的步伐。

看着躺在病床上已经没有生命体征的老人，你突然很想抽支烟。像先前无数次看着病人离开那样，躲在阳台上抽支烟。你以为病人家属会直接扑过来哭天喊地的，或者会有一些责怪医生的话。但他们的表现都比你想象中的要冷静。这令你心里少许宽慰。

老人的儿女儿已经在商议有关后事的事情了。你陡

第一辑　城南旧事

然想起一个小时前未接的那个电话。摸出手机回过去。

姜培育那老鸭嗓便在电话那头嘎嘎地笑，说你小子无论如何明天都要给我过来一趟啊。你问什么事？姜培育说，送钱！说完，便嘿嘿地笑了。然后说，在你嫂子和我的共同努力下，继我们家大宝大少爷顺利问世后，现在我们的小女儿小贝公主也顺利来报到了。满月酒定在十月二号的洞庭湖鱼寨，你小子抓紧带着钱包来送份子钱，没有钱包银行卡也行，我们家备了刷卡机。

你不由诧异，你家儿子满月酒不是去年吗？这才多久啊，嫂子咋又生了？姜培育笑得更大声了，说，你小子别羡慕嫉妒恨啊，有本事你小子也赶紧结婚领证铆着劲生，你生几个我都没怨言！

出医院大门时，一大堆人拥着一个孕妇正进来，孕妇身上宽大的男士睡衣也遮盖不住高高突起的肚子，看那表情是快要生了，正抱着肚子一副痛苦模样。跟着的一大堆人都喜唰唰地跟着扶着。看样子，明天医院里就又有小宝宝问世了。

抬头，天蓝如洗。就连云纱也如荡涤过那么白。路过的人们，都步履匆匆的。

你突然想要不要给喵喵去个电话。

我弟弟苏戏

人家那是天上掉下个林妹妹，这里则是天上掉下个苏弟弟——别小看了这"苏弟弟"，那可是能说会唱，

风吹过

不信你听他唱的这首《你算什么男人》。

苏戏是我弟弟。

我失散许久的亲弟弟。

我们老冷家原本兄妹三个,我有两个哥哥。

苏戏回来后,我这个老三顿觉手下多了一个兵,很是耀武扬威。

但我真正喜欢苏戏是从苏戏的《红玫瑰》开始的。

我说苏戏,姐姐写小说,你要不要看?

苏戏说,朕唱的歌,姐姐要不要听?我笑了,立马说,要!

可苏戏却挖着鼻孔慢慢腾腾说,朕可是从来不愿强求别人的哦。

好吧,我是姐姐。我比苏戏大,要让着他。于是,我这个做姐姐的只好一而再,再而三地放下身段说,苏戏,求求你,求求你啦。

于是我的耳朵很快接受了一次天籁般的洗礼。

苏戏唱歌的嗓音令你想到蓝天,想到白云,想到一望无际的大海,海上的悠悠白帆,以及那些振翅在蓝空中远去的鸟儿。干净明澈,水洗过似的空灵。

抑制着内心的激荡听完,我压制住一波波蜂拥而至的开心不动声色地说,苏戏,你的嗓音真的是太好了,为什么你可以唱得这么好?上天真的是太偏心了!

苏戏说,真的么,我书读得少,姐姐你不要骗我。

这是姐姐听到的最好听的声音呢。我只好再次强调了一遍。

第一辑　城南旧事

也许是苏戏从我的话语里感受到了真诚度百分之百，龙心大悦的他又接连给我发了他的《爱情怎么样》《你到底要我怎么样》以及《你算什么男人》三首完全不同风格的歌曲。

我从这些歌曲里感受到了疼痛，眼泪什么时间流出来的我不知道。好在隔着屏幕，苏戏也看不到。我只是含着泪一次次对苏戏说，亲爱的，姐姐喜欢你，喜欢你和你的歌。

苏戏就是在那时问我的，他说，老混蛋究竟在哪里捡的皮夹子？

我愣愣，一时还没从苏戏的歌声里挣扎出来，只顾傻乎乎地追问，什么？什么皮夹子？

苏戏发个坏笑说，说皮夹子就是你。你就是皮夹子啊。

晕！我有些恼怒地说苏戏，你到底有没有好一点的形容？！你前几天说姐姐是wifi，是自来水，倒也罢了，现在居然又说姐姐是皮夹子！以后你还要怎么来形容！苏戏发个得意的表情慢慢悠悠地说，姐，这已经是很好的了。至于以后怎么称呼，要看姐姐的具体表现。

苏戏叫我姐。从认识的第一天起就坚持这样叫我。

叫姐姐也好呢，至少拉近了我和他之间的距离。我笑着若无其事地对苏小初说。

苏小初看我并没有因此生气，就迅速收了自己的虚张声势夸我，说，哈，看咱家这辈分给乱的。苏小初就是苏戏常常提及的老混蛋。

但苏小初一点也不混蛋。而且，他也不老。

风吹过

不但不老，第一眼望到，甚至觉得有点温润儒雅风度翩翩的味道。不然，当初本姑娘也不会抛开满大厅的熙熙攘攘不管顾，径直走过去问一个大男人讨要联系方式。

当然，这都是之前。现在要说的是之后。

之后，我才知道苏小初和我一样都是单身。

苏小初在一天清晨突然找我，那时时针刚刚指向八点，或者多了一二分吧。

我也是打开电脑刚登陆。苏小初给我端了一杯咖啡拿了一朵玫瑰后就单刀直入地问我，清秋，你是不是单身？

那天的阳光很好。无限明媚的阳光正从纱窗那里跳进来，抚摸我的脸。

光影中有那么一瞬，我恍惚觉得这一切都是个梦。愣了足足有七八秒钟吧，或者要更久一些，停止的心跳蓦然就加快了。

后来，我说，苏小初，那天清晨你找我时，不会是一夜没合眼吧？

说这句话的时候，都已经过去了好几个月。

苏小初坐了一晚上的火车来看我。

我们一起去喝了青岛路上的那家牛肉汤。然后坐上25路公交到西苑公园去。

踩上公园大门的台阶时，苏小初突然捉住了我的手。我犹豫了一下，并没有挣脱开来，或者我的潜意识里也在希望他这么做吧。

我们牵着手，没有说任何话。默默地走着，路过竹

> 第一辑　城南旧事

林，路过草地，路过许许多多的人群。我们就像是住在这附近，只是在随便来这里走走，看看。

亭子在湖心，连接湖心有桥。桥后面是假山。朱红色的长椅空在那里。

我和苏小初相视一笑，没有说多余的话。

坐下来，静静地望着湖面。有风软软地从远处来又奔向远处。有戏剧唱腔绕过假山，顺着湖水缓缓流淌。我想我是醉了的。就那么望着苏小初，不由自主合上了眼。

后来又睁开，说出了之前的那句话。苏小初没回答我的问题，或者是无视我的问题，他径直冲我俯下了身子。那架势，令人心跳停止又加快，脸红发烫得火烤一样。

可苏小初蜻蜓点水般就离开了我的额头。

是的，是额头没错。轻轻吻过，迅速得叫人来不及体味。

这件事，直到我们结婚好久，我都一直耿耿于怀。

可苏小初笑笑，把我要的那本《城南旧事》递过来说，两个人一起过日子，不要老在意那些外在的花里胡哨的东西。我不服，撅着嘴问他，那要在意什么嘛？

苏小初不回答，却点点我的额头批评我，老婆，给你倒的菊花茶都放凉了，你怎么总是忘了喝？我只好快快不乐地去端起杯子。但伸出的手却被他按住了。

我不悦，干嘛，说让喝又不让的？

苏小初拿起一只苹果递过来说，凉了，我去给你换杯热的嘛。

当然苏小初的脾气并不是一直这么好。

风吹过

可是，即便他脾气坏点儿，那又有什么呢。

黄昏时，苏小初把自己关在书房里画山水，他弓着腰，整个身子都附在画案上拿一支毛笔给那些山和石头皴出一种质感来。那屏息凝神的模样愈发显出了他的老态来。可偏又是那么的叫人心动。默默看着，看着他做，等着他做完。我才将手里的茶水递过去。

我笑笑说，老苏，该吃饭了。老苏说，好。

放下杯子他又问我，李畅和苏戏回来没？

我朝客厅努努嘴，说，正玩手机呢。

人生中的某些片段

岁月总是静悄悄地不知不觉地爬满了头。等你蓦然发现时，它早已生根日久。此情此景，不忍卒读。但是书页可以翻得再缓慢一点，给他多留下回想的空行。

现在是深秋。

夜风掀着衣襟有点点凉。

男人和女人相依偎着过马路，那时绿灯还没亮起，红灯开始闪烁。几秒钟后，大批量的人群才会潮水样跟着蜂拥过去。所以，此时，男人女人的身影无形中就被凸显了出来。

他们并不是故意要违章，看看脸上的表情都可以得出结论，他们实在是太甜蜜忘我，导致外界的一切都水泼不进。

第一辑　城南旧事

那时，男人正在和女人描绘婚后生活的一些细节。女人的眼睛亮闪闪的，那款红色大衣在夜风中摇曳生辉地飘啊飘。实际上，男人要到好多年后才能回想起现在所发生的一切。

那时，男人会默不作声地从家里出来，自行穿过一条条街道，到三十八号街坊那边去寻找卖汤圆的小铺。当然，路面早被硬化，当年那些林林总总的小铺早随着城市的商业开发被一栋栋大型商场所替代。所以，男人无论怎样都不过是在重复多年前的自己。

下雨了，细细密密的，天色也渐渐地暗了下来。男人在拐角处突然发现了前面的女人和一个男人。那时，俩人正手挽着手穿过步行街，站在卖元宵的摊位前。

蒸腾热气中，男人正皱皱眉毛说，这样……太简单了吧。

可女人笑笑说，喜欢这样的味道呢！梨汤润肺止咳，在秋季最适合。

说着，女人将自己碗里的汤圆舀出两只给男人递过去，看男人默不作声地一勺一勺将汤圆和梨汤送进肚子里，看男人皱着的眉毛逐渐舒展。女人说，怎么样？很不错吧？

男人笑了。这其实没什么特别值得描述之处。因为打眼望过去，男人和女人同大街上走过去的那些男男女女一样，同坐在摊位前那些男男女女一样。

但又不一样。这里想说的是假如你的心够细，够缜密，你会发现男人脸上透出的那份淡然祥和与宁静，还有女人顾盼之间泄露的甜蜜。不算很多转瞬即逝，如果

风吹过

你不很用心观察很容易会错失过去。现在，不知男人说了句什么，灯影下，女人突然咯咯咯地笑了起来，眼角的细纹也跟着泛活了气息。女人笑起来很减龄，或者就像是另一个人，鼻子眉毛都充满了青春的朝气。男人也跟着笑。男人突然叹了口气说，小傻瓜。

他们站起来一起返回。等会儿，我是说等他们步行两千八百五十米之后，他们会搭电梯上如家酒店的九楼，钻进走廊尽头的那个房间里。

实际上，他们纠缠在酒店的床上已经整整一天。天擦黑时，女人再次去冲洗了自己。男人跟进来问，饿了吧？女人没回答，只是再次将身子埋进男人的臂弯里。

女人说，这次回去后你要快点回来。男人紧紧女人的身体笑了，伸手刮了下女人的鼻子。说，小傻瓜，饿了吧？

不，这哪里还是当初的那家？那家破旧，因为通风不好，打开房间的瞬间总会有淡淡的霉味扑面而来，睡到半夜醒来，会看到游弋在墙角缝隙处的蟑螂进进出出觅食。还有，热水器里总也流不出热水，只好凉水将就着。男人女人好几天都没能痛痛快快地洗个热水澡。

但这并不妨碍他们的情感升温。卫生间里男人拥着女人说，我走了后你要想着我。

男人又说，你要乖乖的，保护好自己，等我回来。

男人说完，望着镜子里的自己愣住了。

满头白发。

一个女人的另一个决定

这是一个温柔的女人所做出的一个无比温柔的决定。这无比温柔的决定迎来了一个让人倍感温柔的结局。莫出声,慢慢地去感受吧。

得知小艾怀孕了,小草显得比小艾还高兴。

可小艾说,你说我一个单身女人还没结婚就怀孕了,这是好事么,我到底该怎么办?

小草说,别想那么多,孩子生下来是你自己的,你今后要放宽心,只有心情愉悦了,对孩子的健康才好。还有饮食,我问你说,饮食上你可要特别注意,不能再像过去那样,时不时吃麻辣烫,孕妇是不能吃过于辛辣的东西,小艾,你要学会控制自己。

隔天,小草又给小艾买了条纯棉布的孕妇裙,上面绣着可爱的小兔子和小花朵。可小艾死活不要,红着脸说,哪跟哪啊,这才刚刚怀上嘛,你看,我的腰。说着小艾扭了两下说,还这么细呢,我才不穿孕妇裙。算了,还是留着你怀孕了穿吧。

小草愣愣,眼睛慢慢就盈出了泪光,但好在小草依然很好地控制着自己将身体扭了过去,微微笑着,望着窗外说,傻丫头,姐哪有你这么好命。其实……姐姐这不是怀不上么,看到你怀孕,心里忽然觉得比自己怀上了还高兴。

风吹过

你……怀不上？小艾脱口而出。说完又说，你才三十多点，咋就怀不上？还有他……俺姐夫，不是也年轻得很么？

说完，小艾又笑，说你不是说他比你大三岁，那也不算大啊。

冬天的下午，天阴沉沉的。两个女人猫在有着三面玻璃的服装店里烤电油汀，橘红色的灯光下，俩人的脸都红彤彤的像是醉了酒。小草的服装店距离步行街有段距离，偏僻些，春夏秋三个季节还可以，等到了冬天，生意就有一搭没一搭的。小艾就是春天时，来这里买衣服认识的。

小草性子柔，说话不紧不慢的，卖出去的衣服价格也压得低，因此久了，和很多顾客后来都成了朋友。像万达路的小雀，辽宁小区的乌金，还有隔一条巷子的瑞光大兆等。因着服装都比较新颖比较潮，所以小草的顾客群大多都是年轻人。

第一次来买衣服，小艾就注意到了小草，她盯着小草的小天鹅耳坠说，姐，你的耳坠子好漂亮啊，是你男朋友给你买的么？小草没回答只是温和地笑，边笑，边给小艾推荐衣服，说，不值钱呢，妹子你要喜欢的话我这就摘了送给你。说着，就开始去自己耳朵上的耳坠，一双手却被小艾死死捉住了。她有些发急地嚷嚷，说我只是说说而已啊，再说，只要我武小艾喜欢，我男朋友一准会买了给我的！

听了这话，小草又笑了，觉得眼前的女孩子真的是率真可爱。就跟着说，你男朋友找着你这样的女孩子那可真是莫大的福气哦。小艾却抬起眼望着小草认真地说，真的么？你觉得我这样的女孩子人很好？说完，又说，人有时也许会看走眼哦。

小草先是愣愣，但随即又笑了，跟着看了看小艾的眼睛说，没错，你是很好。

隔天，小艾又来，耳朵上果然挂了小天鹅。但和小草耳朵上不同的是，小艾的小天鹅是金色的做工更精巧雅致些。小艾晃晃耳朵说，漂亮吧？

那时，春天正要过去，毛衣毛衫都开始去掉换成单衣，小艾那天直接穿了一条薄轻纱制成的蛋糕裙，裸着两条腿坐在转椅上前前后后摆动着，嘴里还嚼着口香糖，小草能清晰闻到薄荷的清新一阵阵从小艾那边散开来。小草说，你这小裙子也漂亮呢，回头我也去批些，挂在店里卖。小艾笑了，好啊，我知道从哪里进，不用出城就可以，我带你去！

但小艾没来得及带小草去，小草就自己先去了。进货这事，小草一个人没力气，须要等自己的丈夫老陆空出闲来俩人一起齐心协力。再说，做服装这么久，小草早就对周边的进货点摸得透清。即使小艾不带，小草大街上溜一圈也知道哪件衣服出处何处。

小艾时不时地来，有时，小草忙了，小艾就自己一个人坐在沙发上发呆，或者很仔细地给自己化妆，刷眼睫毛，涂抹口红。但小草明显感觉到小艾一次次变得忧郁了。

直到小艾说出了自己的秘密。她说，姐，我爱上一个男人，那个男人有老婆。

风吹过

后来，小艾又说，姐，我怀孕了。

冬天的黄昏是最难熬的，半下午时，小草干脆插上小电锅煮了一包康师傅，原本小草打算煮两包的，但翻来翻去只剩一包了。小草就笑，说多加点汤，加两个蛋，咱们俩就算是吃着玩。小艾默默地看着，小草站起来挽起袖子洗锅添水，看着锅里的水沸腾，看着泡面在锅里翻滚，然后泡面的香味一波一波扑过来，舔舔嘴唇，小艾觉得自己真的是饿了。

小草把两个荷包蛋都夹给了小艾，说多吃点吧，怀孕了，都饿得快。

小艾埋着头吃着，吃着，硬忍着自己的眼泪没有掉出来。

她想说，姐，我是骗你呢，我根本没有怀孕。

又想说，姐，我认识你们家老陆。

但小艾什么都没说，只是大口地吞咽着，吞咽着。吞咽时，做出了一个决定。

做出决定后，面也吃完了。小艾恢复常态，望着小草说，小草姐，这面真好吃呢。

小草又说，姐，我走了。说完，小艾就出门了。

小草隔着玻璃门望着，望着。

渐渐，眼里蓄满了泪。

畅先生和他的粮仓

畅先生是一个能人。畅先生有很多书。究竟是因为是能人，所以有很多书，还是说因为有很多书，所以才

第一辑　城南旧事

成了能人？先有鸡还是先有蛋？

那粮仓，是禁地。

除了畅先生自己别人都没钥匙和权力进入。

有次偶然获得眼神允许，小身子进去了，却发现里面什么也没有。

真的只是粮仓，专门囤积粮食用的小屋。没窗，没床。除了蹲在角落的那个老树墩子外就是几口大缸和用砖砌起来的一个大池子。抬头，会发现应着大池子上方的屋顶系着个卷起来的布袋。布袋放下来能垂到大池子的底部。上面则是直接连通到屋顶。

如果你跟着来到房顶，会发现屋顶上凸出一个小楼盖，有点像南方人保护天窗不漏雨的那种设置。这当然又是畅先生的主意。说是为了保护布袋不被雨雪淋湿。

畅先生的主意总是很多。譬如夏天他不让鸡们进到鸡窝里睡觉。

那到哪里呢？当然是树上。

具体的实施方法是，畅先生会先捉上那只大公鸡抱到树杈叉上，然后轻轻抚摸大公鸡的脊背，使大公鸡逐渐安稳下来，并且入睡。当然，开始时好几次大公鸡都反抗，它不依不饶执拗着，非要钻返鸡窝和那些母鸡共眠。那情形就像我有时梗着脖子和畅先生犟劲一模样。我猜测大公鸡该倒霉了，果然，畅先生毫不留情地给大公鸡来了几巴掌。这让躲在一边的我捂着嘴偷偷地笑了。大公鸡是聪明的，这点，同我一样。

几天后，它就带着家里的几十只鸡们栖息在了树上。

风吹过

太阳还没隐去的黄昏，余光悠悠涂抹着树梢，我家那几十只华彩斑斓的鸡们就开始着了魔似的，争先恐后地扑棱着翅膀上树，上去早的，占个好位置，叽里咕噜炫耀着。掉下来的，再飞一次，不消半个小时，就都堆在树上叽叽咕咕聊天了。等夜色暗下来，晚风拂过来时，鸡们早安静下来进入梦乡了。

小时候，看鸡们上树是一景。我常常讶异为什么不叫鸡们在鸡窝里睡觉？

畅先生不回答，却望着夜空反问我，夏天在平房顶上睡觉美不美？

那时，凉风悠悠地抚摸着我的胳膊和我的腿，我张张嘴一下子就闭上了。

嘿，显然又说远了，接下来依然说粮仓。

那粮仓是畅先生的最爱。地面铺了厚厚的石砖，又浇灌了坚固的水泥，我也是在屡次抱怨中终于明白为啥别的房间没有这种待遇。——多简单，防耗子嘛！

畅先生总是眼光独到。譬如某天晚饭时，他放下饭碗，抹抹嘴，说闹耗子了，该下点药赶赶才是。第二天出门果然见到几只小耗子东倒西歪地在粮仓外躺着。

粮仓给予人的第二个回忆便是推开门，扑面一股晒干的小麦味。那味道浓烈至极，呛入肺腑，能叫人止不住连打好几个大喷嚏。此时的畅先生总是中奖般柔柔软软地笑，脸上的皱纹春暖花开般地绽放着，如菊。自我陶醉会儿，说这样才对嘛，这麦子里面啊，藏着去年的太阳呢。我大惊失色地追问，真的？

真的。畅先生脸上的表情至今想来依然严肃认真不

第一辑　城南旧事

打折。

就是那种表情，害得小时候的我一直以为粮仓里真的藏着太阳，忍不住总想去翻找出来。

是的，你没听错。畅先生不像村子里其他人那样把太阳叫作日头。要是某天，你听见畅先生那般说，我敢打赌，那你指定是听错了。因为这可是畅先生之所以不叫畅大轩而被人称为畅先生的主要来历之一。

关于畅先生的趣事多得数不胜数，在这里还是想围绕着粮仓简单说一说。

因为某天，我发现了一个惊天大秘密。

这秘密和畅先生遗忘在床头的那串钥匙有关。

我也是一时无聊，拿着钥匙就捅开了粮仓的门。

推开门的瞬间，我就后悔了。因为一切如旧，真没什么可看的。

可转过身掩门时不知道为什么，我突然就奔过去挪开了那缸盖。

天啊——

那天，我愣愣地站了许久，许久。方才去动那些我看到的。我也是在那时方才明白了那树墩子的用途。也明白了为嘛缸盖上要常年放着一盏油灯。

那之后，畅先生的最爱也成了我的最爱。

我时不时地就会悄悄溜进去，再溜出来。

每次都胆战心惊的，每次都会想起畅先生药死的那些小耗子。

但畅先生显然越来越老了，他总是会忘记携带自己的那串宝贝钥匙。

风吹过

这让我获得越来越多的惊喜。

人总是会麻痹的。

有天,我捧着本鲁迅的《呐喊》在饭桌上看得津津有味。畅先生突然说,总看有什么用,有本事,你也去写点什么。那语气淡淡的,我辨别了许久抬起头。逆光中,看不清畅先生的脸,但我分明又闻到那粮仓的味道,浓烈至极的小麦味,掺杂着隔年的阳光味道,叫我止不住连着打了好几个大喷嚏。

至此,我的笔下也开始有了阳光。

畅先生在餐桌上讲故事

畅先生不是短篇,畅先生更像章回体小说,所以我们还要再讲他一回。说"讲他"也不完全对,其实是"他在讲"。

这是个不完整的故事。

之所以记得这么清楚,大概也在于它的不完整。

所以,不完整有时不是缺陷,反倒是一种特性显示。无形在平淡中凸现出来,叫人不能忘却。但如果你要追究故事的真实与否,这里建议你去找畅先生谈谈。

毕竟这故事我是听来的。所以,这里不给打包票。

因为畅先生的故事总是那么多,谁也分不清到底有多少是真实的。

看到外乡人来村子里劁猪,他回家就讲一个;孤寡一辈子的三奶奶去世,他又来一个;驻村干部扶贫,他

第一辑　城南旧事

连着讲了仨。最后若不是村主任虎着脸来家里好几次，若是不畅先生的婆娘抡着大铜勺前院后院地追赶，敢肯定畅先生能像演现在放电视剧那样，连着给故事来好几个续集。晚饭吃完好一会了，婆娘还在灶房忙碌。畅先生踢踢儿子的脚说，去叫你妈过来。

儿子还没起身，婆娘那边却回应了。怒冲冲的，像放爆竹那样噼里啪啦的干脆。

又不睡是不？又胡咧咧是不？还过不过了？！

对付这样的场景，畅先生是驾轻就熟的。他先是微微地笑笑，然后起身，轻叹着踱到厨房。（反正也不远，转个身，三两步。）但畅先生就是在那三两步里踱出了一种气度。是的，是气度，在今天看来依然是区别于常人的气度。不慌不忙，不骄不躁不馁。

畅先生的个头其实不算高，顶多也就一米七二七三左右。但他的胳膊长，随便一伸，就捉住自己的婆娘了。原本气焰嚣张的婆娘就中招般乖乖随着坐下了。

不吵了，也不闹了，畅先生的故事就开场了。

畅先生那天的故事很传奇。

说是兵荒马乱时，中原有个叫张三柏的小伙子。那小伙子虽说年轻力壮，又生得人高马大，却是个怕事的主。加上战乱，总是有拉壮丁去打仗，很多被拉去了的男人再没回来过。所以大凡是有点风吹草动，张三柏总是躲到自家后院的地窖里去。

张三柏心眼多，自己躲进地窖的事情从没对谁透露过。所以，也就屡试不爽。

但事情坏就坏在那天张三柏刚躲进地窖，自家的门

风吹过

就被推开了。推门进来也不是别人,是常在街上东跑西颠的一个疯婆娘。疯婆娘有点小弱智,没心眼。所以虽说年轻,但不会收拾,一直邋里邋遢的老远都叫人捂着鼻子走,不怎么招人待见。张三柏和疯婆娘更是扯不上什么瓜葛。但那一天不巧,来的不是什么军阀,是日军的一个小分队。这帮东西一进村就炸了锅。见东西就抢,见人就杀。疯婆子不知道怕啊,依然无所顾忌地我行我素,后来就被一帮日军给盯上了,追着撵着,就被堵在张三柏的屋子按上了床。

可即便是傻子也知道反抗啊,本能地嚎着嗓子叫。那叫声能把房顶掀了。所以也就把躲在地窖里的张三柏给拽上来了。

讲到这里,畅先生突然停住问,知道后来咋了?发生啥事了?

畅先生讲故事就是这般爱问。你只要不吱声,继续耐着性子等和听就是。

果然,稍作停顿畅先生就开始回答了。

但他的回答显然和之前的故事接不上了。因为明显缺失了好大一截子。

畅先生那天就那样直直望着黑黢黢的窗格子说,我认识张三柏二十多年了,打小就一起穿开裆裤玩泥巴,拿弹弓打鸟。但那天才发现我并不了解张三柏。

我也不了解张三柏。甚至不知道他是谁。所以关于张三柏那天从地窖上来到底发生了什么我根本无从知晓。唯一能知晓的就是好多年后,突然从村头的一块石碑上发现有张三柏的名字。那石碑立在村口,上面有好多人的名字，逢清明，总有人在下面烧纸，点香。

我很是抗议。因为那天听故事很不过瘾。

可抗议也不顶用。畅先生就是这样，他不会为了讲而讲，更不会去讨好谁的耳朵。

好在第二天，又会有新的故事令人期待。

日子就那么一天天过去了。

劫持自己

如何逃避手机的追捕？它屏幕亮起来时，你接与不接都是一个问题。好在它终于会没电，好在你也可以在熟悉的人生上暂时遗失。

他们要给你介绍对象。

一个从事婚姻诉讼的律师。

还没见面，你就退却了。你想到若干年后，你和她离婚，伶牙俐齿又具备专业法律知识的她是如何口若悬河，句句戳中要害，不费吹灰之力就霸走了你的所有财产。甚至，就连你们俩唯一的女儿，也唯唯诺诺跟在她的身后。即便是一步三回头，但你看得清楚，女儿其实根本不打算回头跟着你这个父亲。

"他们"当然是你的亲人。一直以来，他们都操心着你的所有。上学读书时，他们操心你的学习，高中时你和一个女生走得稍微近了点，他们就分工明确地轮番找你和找那女孩私下谈话。最终的结果是，那女孩发怒

风吹过

了，不但不妥协，还校里校外都扬言非要追到你。可惜你那时木讷得很，根本弄不清女朋友和死党有什么区别，所以，你的态度自始至终都没变过，最终却失去了一个很要好的铁哥们。

那女孩最后不得不转学到另一个地方去读书。

你后来考到另一个城市去读书，然后毕业，分配，再也没见过她。

有时候，你想起这段经历，都觉得像是一场梦。甚至会怀疑这一切到底是不是真的？是存在过，还是根本就子虚乌有？

半下午时你接到母亲大人的电话。

实际上，这个号码从上午起就开始不间断地在屏幕上亮起。每次，你都是看一眼，然后别过目光，继续晒着太阳，让天空流转的云朵停下来，盖在眼皮上脸颊上，过一会又悄悄溜走。手机固执着地响个不停，却并未换来你的妥协。

你对手机无限虔诚地笑，就像他们此刻就站在你的面前那样。有什么事吗？母亲的话叫你大吃一惊。你柔软的身姿一下子坐起来，脊背开始绷直僵硬，连着说了好几句：不可能，不可能，怎么会呢？！她是在骗你们呢，说着说着，你开始呼吸急促，脸开始涨得通红，鼻尖渗出了细密的汗珠子。你立马觉得这是个阴谋。那个整天挂着耳机听音乐爱出风头，爱吐舌头的女孩子。她还在读高二，是你们托马斯私立中学三班的学生。原因也很简单，上周的物理课上，你点名让正在玩手机的她站起来，问她：穿过一个电阻为 1 欧姆的 10 匝闭合线圈的磁通量每秒均匀减少0.05Wb，则线圈中的感应电动势为多少？感应电流为多少？那女孩愣愣地站了会，突然就春暖花开地冲着你笑了，说，老师你这样当着全班同学叫我站起来是不是对我的一种暗示，告诉我你爱上我了？如果是，你回复我的微信即可，不必要这么大张旗鼓地公开嘛！几乎是同时，班上的空气凝滞了几秒钟，然后哄地一下，笑声就冲破了教室飞到了操场……所幸，电铃响了，你夹着教案狼狈地逃出了教室。

没想到他们比你反应还激烈，一连数次堵着你，给你讲解这样的不好，那样的不行。他们讲了还不算，挂了手机还没消停呢，二姐夫居然也打过来了，二姐夫和那个女律师是同行。当然，女律师也是他极力引荐给他们的。

二姐夫说话就专业多了，他先是分析了当前社会师生恋的比例，和师生恋对社会造成的恶劣影响，然后又分析了师生恋给双方当事人造成的伤害。最后，二姐夫郑重其事地说，像你这样的情况，对方还是个孩子，如果人家那边告你为师不尊给弄到法庭上去，不但工作不保，再找个像样的学校都不会有接收的。

你愣愣地站着，傻傻地听着。原本你是想解释的。但后来发现，你根本不需要解释。二姐夫什么时间挂断电话的，你不知道。太阳什么时间躲起来的？你不知道，什么时间下雨的？什么时间雨停的，你也不知道。

你就这么静静地坐在这个远离市区的湖边，任凭暮色把你吞没。

手机屏幕最后亮起来提示没电，然后忽闪一下就真的关机了。

风吹过

关机了，你的心反倒一下子静了下来。这才发现天真的黑了，原野，芦苇都看不见了。

若不是四周那此起彼伏的蛙鸣，你都不知自己置身何处了。

其实，你是真不知自己身置何处。

这样真好。你反而笑了。

悖 论

要想做好一个坏人就得先伪装成一个好人，但有时候装得太过火，一不留神真的成了一个好人，这可怎么办？你说怎么办？！坏人还怎么当？

现在，有过几年偷盗经验的小偷已经完全沉浸到了自己的"工作"中，干一行爱一行，正如您所想，他已经无比狂热地爱上了自己这份职业。

白天，小偷会像许多上班族那样准点出门，花费好几个小时去踩点，回来后依据踩好的点画出路线图，最后在夜幕降临时依照计划好的一切有条不紊地行动。

小偷也并不是像你认为的那样，在这个城里他没什么朋友，也从不和谁打任何招呼。相反，小偷是城中村这片很受欢迎的房客。原因嘛，再简单不过了。除了踩点，小偷有大把的时间闲在家里，每天都冲路过的每一个人点头，微笑。对于这些，小偷从不吝啬。见到跑来跑去的小孩子，小偷有时还会掏出几粒棒棒糖之类的

第一辑　城南旧事

递过去。遇到独居的那些老人拎不动的米袋啊，菜兜子啊小偷都会及时迎上去帮他们送回去。而尤其重要的是小偷每天总会有那么一会陪着老人们在太阳下晒暖，随便侃侃。当然，没有人觉得小偷是小偷。在他们眼里，小偷只是一个十五六岁的孩子，讨人喜欢的晚辈。说到这里，你大概也觉得这个小偷其实不像个小偷，没那么可恶。是的，小偷在不做小偷之前，其实只是个父母双亡从农村出来打工，又被工头吞了工资赶出工地的小小建筑工。其实说建筑工也不完全对，他还不够年龄，只是在工地上打杂。您一定明白了，小偷其实是个对世事还不能完全洞察的小孩，所以他没什么心机，除了每天必需的"工作"之外，他就尽心尽力地帮助着每一个需要帮助的人。

今天，小偷的工作依然是坐上8路公交车到城市的最南面，广州路一个叫步行街的地方下车，一个多小时后，小偷会再坐车回来。那边属于老城，人口密集，人流量大，是购物居住的天堂。小偷做这行已经谨慎到细微，知道每一步必须万无一失，才能保住眼前的一切。所以，任何一个看到小偷的人，都不会觉得小偷是小偷，相反还会从小偷那纯净无邪的眼神中觉得这只是谁家正上学的少年。大概由于是星期天，8路车上的人较往常更多一些。小偷最开始的座位理所当然地让给了一位拎着一兜鸡蛋的老大爷。现在，扶着栏杆的小偷脸色苍白，有些呼吸急促。早上起床晚，小偷什么也没吃就出了门。当然，从没进过医院大门的小偷还并不知道自己贫血，还患有低血糖，不能长时间的不进食物，否则就会头晕

风吹过

恶心，严重的话会晕倒。小偷不知道这些，所以他只是暗暗告诫自己要坚持，以为等到了站，下了车就好了。所以，车的行驶中，小偷眼前一黑突然倒在公交车上就一点也不足为奇。但车上的人不知道，一时，公交车里一片惊叫声，甚至有个女孩捂着嘴连连后退，流出了眼泪。这个真不能怪他们，身边有个人好端端地突然晕了，换谁也会被吓住的。有迅速拿出手机拨打110的，有急着呼叫120的，还是司机师傅有办法，在大声征求了全车人的同意后，将公交车掉了个方向，快速朝医院驶去。

你一定很好奇后来事情怎么样了，说实话，编到这里，我也有点困惑。到底是让小偷从医院出来后不再从事偷盗事业好呢，还是让他继续下去？关于这个问题，坐在电脑前的我困惑了很久。我想说的是，这样的行业终究是不光彩的，不如让他借此走上正道，做个有为好青年。可写下这几句话，我分明为自己所设置的"假大空"而脸红起来。

因为我明白，作为一个健全的社会学，警察和小偷就像关系链上的一环，不是我们凭空说截断就可以截断甚至灭绝的。那样的后果才是令人不敢设想的。

所以，目前我想还是先写好自己的小说吧。

我的小说

我笔下的小说，是我眼中的生活。你眼中的生活，化为了我笔下的小说。我同时承担着作者、人物和读者

第一辑 城南旧事

三职——还有什么比这更有意味的么。

夏天过了十三岁生日,奶奶的咳嗽愈发严重了。而奶奶进城的次数也比以往多了,她隔三岔五逮只芦花鸡抱着朝城里跑,还没两个月,鸡窝就空在角落了。

可夏天觉得家里更空寂。她问扶着墙咳嗽的奶奶,你是去瞧病?奶奶直起腰说,是有事,顶顶重要的事呢。说罢,奶奶扑拉扑拉衣服又出门了。这让夏天很不开心,她在心里想,又不是去瞧病,还有什么重要的事要天天朝城里跑?

这天夏天放学一进门,发现奶奶竟然没进城,正在和一个阿姨说话,俩人显然都流泪了,看见夏天进门,都慌着将眼泪擦掉,绽送出一脸的春暖花开。

阿姨抢先说,夏天……你是夏天吧?都长这么高了?

说着,就赶过来攥住夏天的手上下打量,说来,让姨好好看看你!这让夏天很不自在,别着身子使劲挣了好几下。夏天拧身向奶奶求救,但奶奶却正望着院子里那株洋槐发呆。洋槐树开花了,一嘟噜一嘟噜的碎碎白白掩映在刚生出的新绿间,铺排的满院都是怡人的香甜。这味道,惹得一群又一群的小蜜蜂越墙而入,绕着小小的院落嗡嗡地飞。

夏天觉得这阿姨比蜜蜂还惹人讨厌。吃饭时,她一次次挡住了阿姨夹过来的菜。

近距离打量眼前的阿姨,夏天发现她其实和村子里的女人都不一样。

风吹过

　　手细细软软的，胳膊白生生的，早过了冬天了，脖子上还系条粉蓝相间的小丝巾，虽然结成朵小小的蝴蝶结，但夏天觉得不如系在自己的马尾辫上更合适。

　　转身进屋时，夏天的心猛然"咯噔"一下惊呆了。难道……她是妈妈？！

　　就这么想着重新望去，夏天更坚定了。没错，一定是妈妈！

　　那鼻子那眉眼和自己多像呀，而且，夏天想起进门时看到阿姨和奶奶那满脸的泪痕，虽然现在她们都一脸和风细雨春暖花开的，但夏天分明感受到她们都在极力掩藏着什么。我也有妈妈了！夏天觉得自己的心紧紧揪在一起，既紧张又快乐，想欢呼想流泪，又想亮开嗓子唱歌。在眼泪快流出来前，夏天及时逃回了自己的屋。

　　打小跟着奶奶长大的夏天曾无数次追问奶奶，我的爸爸妈妈呢？

　　奶奶每次都没好气地说，死了！死了的人，当然不会回来。但夏天却隐约记得村子里听到的却是另一个版本，那种说法是夏天的爸爸妈妈都到遥远的城市打工去了。

　　随着年龄增长，夏天越来越懂事，心里也认可了奶奶的说法，自己是没有爸爸妈妈的，也就放弃了爸爸妈妈会回来的渴望。可现在，望着近在咫尺的阿姨，听着外屋压低声音的谈话，夏天突然很想流泪，有一种强烈的冲动促使着夏天，让她很想亮开嗓子痛痛快快地大哭一场。因为夏天在心里明白，这个陌生的阿姨绝对不是阿姨那么简单，她一定是自己的妈妈！

> 第一辑 城南旧事

果然，睡到半夜，奶奶把这秘密揭开了。奶奶说着抚摸着夏天的肩膀和头发轻轻叹气。奶奶说，我们夏天命好呢，没想到还真给找到了，你今后就跟着妈妈进城吧。

夏天心里想拒绝来着，但嗓子却很不听话地嗯了一声。

那之后夏天就跟着妈妈到城里生活了。进城后的夏天改名叫夏花，在青州市青岛路第二十三中学读书。夏花也是过了很多年后才知道，自己叫了很多年的妈妈并不是自己的亲妈妈，而那个在乡下抚养了自己十三年的奶奶也不是自己的亲奶奶。

夏花的女儿好奇，搂着夏花的脖子问，那妈妈的妈妈是谁呢？

夏花说，不知道呢，妈妈是奶奶捡来的。

奶奶在那条路上捡的妈妈呀？

在槐花路上捡的好不好？

那槐花香不香？

槐花村的故事

槐花村的故事和槐花无关，只和槐花的醇香有关联。这香气历久弥香，这香气传承久远。它是一个悠长的故事。

村支书踏进老关家院子时，关小培正在自留地地里

风吹过

掰玉米棒还没回。

关小培心眼实，干啥就要干完，干好。虽然月亮已经升起来老高了，但地里还有两畦的玉米棒子没掰完。关小培想，就剩这些了，今天不掰完，明天还要来，这不掰完，被人家偷了也没个数，不如多累一会把这边弄妥当再回。

村支书坐下端起茶，刚把话说个开头，老关的眼就瞪大了。

说啥？你净求糊弄吧。老二那榆木疙瘩脑子，平常算账个都算不清，能自己管住自己就不赖了，叫她去代课，不把娃们都给带毁了！这事，不行。说到天边也不行！

也不怪老关拒绝得彻底。老关家仨闺女，数老二关小培最没心眼。

小时候，阳光西斜的黄昏，孩子们放学回来趴在石桌上写作业。老关摇摇蒲扇，临时给出了道数学题，最简单的。老关说你们仨给算算 2+7 等于几？老大关小招听了立马小嘴一撇，站起来说，简单死了，这算什么数学题啊？！说完，很同情地望着老关摇摇头，再轻轻叹口气，然后离桌该干嘛就干嘛去了。老关也不恼。老关不但不恼，还很吃大女儿关小招这套。每每都笑眯眯地望着关小招的背影说，看看，还是你姐，脑瓜子聪明着呢。人家都不需要算，知道啵？听了，脑子里立马就有答案了。关小招是长女，在老关家是有这份特权的。

往往这时，老三关小盼已经规规矩矩地写好算好了，满怀希冀地站起来把算术本递给老关。但老关接在手里看也不看就开始对老二关小培发火了。因为此时的老关已经对咬着笔杆子傻坐半天的老二关小培再也忍耐不住了。

夜里,老关叹气翻身坐起来,对呼噜作响的关嫂子说,老大老三出去闯荡,她俩有心眼,知道一些事咋弄。可这老二缺心少肺的放出去不放心啊。关嫂子背个身子嘟囔,说这哪跟哪啊。老关又说,你说咱小培去学校代课能教好么?关嫂子听了忽地翻身坐起来,说好你个老关,你不是给支书说不行,不叫闺女去吗?

没想到关小培还真不行。在学校上的第一节课竟然就糊弄孩子。

那天,关小培不是在教室里给孩子们上课,而是不管不顾地带着十几个孩子们进了官庄河的谷底。说是河,现在已经干枯,只有鸡肠子似的一线水从上游断断续续蜿蜒下来。所以危险倒也谈不上。但怎么看都是领着孩子们在外面瞎逛当,不是教娃们学知识不是。

老校长和老关气喘吁吁地赶到时,关小培正在叫春来家的二由站起来。

二由这小子平时就皮得很,听见关小培叫,马上一个鲤鱼打挺从土地上弹起来,差点趔趄个嘴啃泥,惹得孩子们肆无忌惮的笑收都收不住。

坐在石头上的关小培说,二由你爸妈在哪打工?二由说深圳。关小培说那可是大城市,发达城市。说完关小培又说,二由,你想你的爸妈吗?二由听了,眼里马上蓄了泪,说想。关小培说,你想你妈给你做过的好吃的么?二由说想。

风吹过

关小培就笑了，嘴一咧说，你最想吃你妈做的什么菜？

二由的阔嘴一张，黝黑的脸蛋变得酱红。像是想了会，二由才吞吞吐吐地说了句什么。关小培没听清，把耳朵凑过去说，二由，你说的什么呀？我都没听见，你再说一遍。于是二由红着脸又说了一遍。关小培递给二由一支粉笔，说好，红烧鹅老师也爱吃。二由，你去把"红烧鹅"这三个字写出来，不会写的字就用拼音标出来。写完，再把红烧鹅画在石头上。咋画都行，鹅是方的扁的圆的都随你，因为那是你二由的鹅。

老关正要先发制人，吆喝关小培不要胡来时，袖子却被老校长拽住了。

视线顺着老校长的目光追过去，老关这才发现河滩里大大小小的鹅卵石上都被孩子们涂得乱七八糟。有像鸟又像鸡的大翅膀，有像粉条一样的大腕，有大大的盘子里装得满满的不知是什么吃的东西，有大方框里堆积着许多圆圈圈。孩子们都在积极认真地投入到关小培的这种游戏里，根本就没人顾忌他们俩的存在。

回来的路上，老校长阴沉着脸一直沉默着。

老关跺跺脚说，我就知道烂泥巴扶不上墙，不中吧！你赶紧换人。

老校长却慢悠悠地斜睨了老关一眼，说你怕是从来没正眼瞧过你这二闺女吧？

老关正眼瞧关小培是在好多好多年后的一个下午。

老关的胆结石犯了，疼得死去活来，关小培回来后二话不说一弯腰扛起老关就朝大路上跑。老关在二闺女的背上颠着疼着，浑浊的泪水止不住哗啦哗啦就掉下来了。

那时关老师成了关校长，嫁给了本村一个和自己一样木讷的汉子。

老关的那两个女儿也已经在城里相继生根发芽、开花、结果。

逢年过节她们会拖家带口回来看老关，并给老关带回来许多新鲜玩意。

老关一直很思念远在城里的两个女儿，觉得她们聪明漂亮很给自己长脸。对于整天在眼皮下晃荡来晃荡去的关校长夫妇，老关很不以为然。

正攥着劲快速朝前奔着的关校长，边跑边气喘吁吁地问，爹，你咋哭了？疼得厉害吗？你忍着点啊，咱们马上就到公路上了。

老关扬起袖子擦擦眼，什么也没说。

第二辑　光阴不能剪

　　光阴是记忆的影子，回忆像蚕一样一点点咀嚼到心中，抽成斩不断的情丝，重新织成五光十彩的布匹。但人生的尺子太短，你竟无法丈量时光，记忆的剪刀空落在手中，迟迟无法移动。那画粉所勾勒出的人生线条真的合适么？

如果在北京遇上柠檬

　　柠檬当然是一个人，"柠檬"其实也是一种命运。有的时候就这样不期而遇，在街头你与自己的命运迎头相撞，而犹不自知。

　　兔子先生现在口袋里只剩下了两毛五。好吧，这不可能。我的意思只是说，钱已经少到了没必要提的地步。其实早在三个月前兔子先生就已经打算离开这里，但是因为心里总还怀着某种现在看来是不切实际的想法，以致拖延成这样。北京城很大，兔子先生很小，小

第二辑 光阴不能剪

到……已经再也找不到当初的自己。

这样沮丧着的兔子先生,衣冠楚楚地站在人来人往的街头,看着红男绿女、车水马龙,这一切好像都渐渐成为一种毫不相关的动态背景,自己被彻底孤立在空旷的镜头前,直到被不知从某个角落里传来的一声"帅哥"意外叫醒。

"这里!往这里看,对,就是你!"

这声音,引得大家都不断观望,看是谁这么有福气,竟然被一位美女当众搭讪。

喊话的就是樱桃。后来兔子先生问,说樱桃姐,为什么是我?那时刚被客户训斥得七窍生烟的樱桃没好气地说,大街上就你这么一只呆头鹅,不喊你喊谁!

其实话远不是这么说的。樱桃当时喊的其实另有其人,要知道那么两大摞宣传册,250克的铜版纸,简直要美女的命。不找一个壮汉,怎么救急!没料想有人很不自信,有人跑得太急,这种半路求人的事情又不好那么明显地挑肥拣瘦,结果就成了她和兔子先生一人抱一摞,一路上还被不长眼的兔子先生貌似关心地问沉不沉。

"还好!"樱桃说着就不由得在心里哀叹,现在的大学没得救了,几年下来教出的学生都是不合格产品,连个殷勤都献得这么笨!国家的希望在哪里?!民族的未来在哪里?!

等樱桃好不容易在25楼的高度,把那沉得要死的宣传册拖出电梯,一回头就见顶头上司正堵在自己面前——

"会议都开完了材料才拿回来?!要是如果黄了这

风吹过

单公司要损失多少？还有你！手脚麻利点，东西都搬进去！公司不养废物！"语气很不善，俩人连忙闪开，主管进到电梯里，电梯门关上后，走廊里依然回响着刚才那喋喋不休的回响，纷飞的唾沫中沾满着先前的不耐烦。

主管三十多岁，一个女的，在樱桃眼里就是专门败坏女人声誉的那种"死三八"。整天和一切美丽美好美妙的东西有仇。这就是让樱桃感到的生活里最大的不公平——为什么总是老女人统治一切？！

但是兔子先生当然不懂得两个不同年龄段女人间的这些。他等了会儿，想了想，决定把东西放到地上然后走人。他还要回家等今天面试的结果。更重要的，他还需要时间来想一想，以后该怎……怎么办？这怎么办？

要命——

兔子先生的心霍霍跳了起来，突然开始喘不过气。

从玻璃门后探出来的那个女孩，一下点亮了兔子先生的眼。

柠檬！

兔子先生在心里喊了声。不知为什么兔子先生一下子就知道她该叫柠檬——似乎她天生就应该叫这名字！

而她真的不叫柠檬！！不过就让我们先顺从一下兔子先生的意愿吧——

柠檬一步三跳地蹦过来，臭臭的脸从电梯向下的指示灯上收回来，扭过头来对兔子先生一笑，小声问："新来的？"

那个……兔子先生的舌头有点反应不过来。

樱桃没好气地拧住柠檬那脸，从牙缝里透气："你害死我啦！那老女人什么时候来的？！"

第二辑 光阴不能剪

兔子先生瞅着心疼。

柠檬揉着脸又问,"哪个部门的?"

樱桃说,"前台部!"

其实公司哪里有这个部门。

但是兔子先生那么妥切和恰到好处地"嗯"了下。于是,这个"部门"就从此刻诞生了。

兔子先生就这样给自己"找到"了一份新的工作,属于先前他怎么也不会干的那种。并且随后在这个部门兢兢业业,不断地磨合探索挫折失败,最后把服务的理念从售后一下子推到了售前。并且后来逐步协助公司将整个服务,以技术构思展示为主导转向以效果评估为主导。

这绝对是意外中的意外。多年后当"天桥"广告策划公司以狭小的体量但是独特的服务理念纵横业内之际,很少有外人知道,这一切竟然都是起自这么一场意外的邂逅。

但最重要的还不在这里。兔子先生后来坐在宽敞的办公桌前,望着落地窗外的一派繁忙出神时,经常,经常会记起先前的这一刻。柠檬脸上那顽皮的笑容,以及自己心中那莫名的小小的坚持。

一切来得辛辛苦苦。但又如此简单。

光阴不能剪

关于情感总不止一个记忆,但是这些往日的线团却总梳理不起。似乎是岁月让人忘了线头究竟在哪里。

风吹过

那天我不停地追问冬至,非要这样吗?难道我们就没有别的办法了?

冬至没吱声,只是使劲攥着我的手,生疼生疼的,我的眼泪终于掉下来了。

1972年的冬天,西北平原的风从早上刮到天黑。夜里若不是蜷缩在棉絮被里,感觉风会直接把人带走。可冬至这个傻蛋非要把自己隔离在棉絮被外面,只是伸长双臂用力地抱着我。这让我不但不觉得冷,还全身发热春情荡漾。我就使劲朝外挣,想把棉絮外的和棉絮内的融为一体。可冬至铁箍似的双臂紧紧环着我,他红着眼睛说,我们俩既然已经不可能了,我可不能害了你。我说我不管,我就是要和你在一起,死活都要!

可是冬至望着我一字一句地说,你这样只会把我逼到屋子外面去!

我望着冬至愣了愣,确信他是认真的。他就是这样的人,一旦决定了的事情,九头牛也拉不回。而且,数九寒天,屋子外面滴水成冰,他若倔强着真出去蹲一晚上必死无疑。

我扭过身子背对着冬至不在闹腾了。可人安静下来了,心却酸涩得要死,眼泪更是不争气哗啦哗啦地朝外涌。我哽咽着说,你他妈的就是混蛋,我们俩已经这样睡在一个屋子了,就是什么也没做别人也不信,你以为你能洗得清吗?!

我没想着要别人信,我只对你负责。冬至慢慢腾腾地说。

事实证明冬至是对的。后来在妈妈的安排下我嫁给

第二辑 光阴不能剪

他们事务长儿子的当天夜里,我就在床单上发现了半截雪白的棉布,明白过来的我扯起来几下就扯成了布条。但第二天他们家里还是望着那条晾在太阳下的新床单眉开眼笑。那之后婆婆和公公看我的眼神也软和了许多。在那之前,有关我和冬至的风言风语早刮到了他们耳朵里,但他们家见过我一面的儿子一味坚持非我不娶,甚至还为此洗过一次胃。在医院望着儿子没有一丝血色的脸,他们怕了,这门亲事才定了下来。而我之所以答应,一是冬至为了让我死心,迅速和我们插队的一个叫瘦排骨的成了亲。二是我必须要借助事务长的安排顺利回到城里。在那之前我多病的父亲已经病卧在床好几个月,盼我盼得已经快不行了。

父亲是在来年春天走的。那时梨花已经开了满树,而我也已经有了身孕,开始发疯似的想要吃在乡下常见到的青杏。季节未到,想也只能白想,后来季节到了,婆婆托人用粮票换来的总也不尽人意。一天,家里收到一个乡下寄来的包裹,打开,一袋子圆滚滚的青杏就跳了出来。含着眼泪的我迫不及待地抓起来朝嘴里塞,心里一下子就明白这是他的心意了。

2000年的寒假,我读大学的女儿带回来一个男同学,单薄的小身子骨,瘦瘦弱弱的,个头不比女儿高多少,我的第一眼就是不同意的,但想起自己的那个时代,我还是对男孩露出了笑脸。中午我给女儿做她最喜欢吃的可乐鸡翅,在厨房里摸来摸去的女儿突然从后面搂住我的腰撒娇,妈妈,你和冬至伯伯的事情是不是也该有一个了结了。

风吹过

刀锋一偏，鸡翅跳到了地上，我立定身子没好气地问，怎么个了结法？

女儿振振有词地说，我爸不在这么多年了，而冬至伯伯隔三岔五地来照顾你，现在夕阳恋多得是，你们相互在一块有个依靠多好，也省得我记挂。

撩撩头发抬起头，壁橱里一个倦容满面的老妇人正瞪大眼睛讶异地盯着我看。

吓了一跳的我猛然恍悟过来……

只是，这哪里还是多年前那个我！

美丽的邂逅

年轻的生命会迷茫会流浪，在迷茫和流浪中突然会成长并成熟起来。这是一种很奇妙的际遇，是一生中仅有一次的可能。

过来！小伙子。

——嗯，叫你呢。

夕照下的西流湖透着粼粼波光，老妇人靠在湖边的椅子上。

她的身边蜷着一只猫。黑色的猫，偏嵌着一双金色的眼睛。咋一瞅，叫人想到被点燃的纽扣灯泡。

老妇人的目光并没有看我，只是伸手指着不远处的垃圾桶说，来，你来，帮我把这些丢掉。是的，没有一

第二辑 光阴不能剪

点征询的意思，她就那么把自己的要求说了出来。

我几乎是忽地一下就从草地上弹跳起来。别，别误会，我站起来可并没有要帮她的意思，鬼才会去帮她呢。我们素不相识，凭什么。再说，我和她有什么关系。她竟然叫得那么自如，我是说，把我当成她的外孙子那样的。我可不想平白无故地给自己认个外婆。对于外婆，我从来不觉得缺。虽然，我的外婆，那个瘦小的老太太已经离开我多年，但我从来没有很想念她。即便是前段时间，她曾经不打招呼进入到我的梦里给我送了两只炸糕，但我也没有因此特别的开心。我当然知道眼前的老妇人不是我的外婆，而我也不想有像她这样的外婆。

没有原因，只是不想。就像当初不想留在家里那样。

可是……她叫我小伙子。我是说她不像我碰到的那些人那样。那些人千篇一律地叫我"喂"或者"哎"，或者干脆说小孩，那样的，但更多的是充满警惕地审视我的脸，我的身高，似乎我的脸上写了许多叫他们懂的东西。然后再居高临下地斜睨着问我，哎，你从哪里来？你多大了？

这些问题我是拒绝的，就像当初拒绝被爸爸领回家的那个女人。拒绝的方式就是不打招呼从家里溜出来，然后去一个城市一个城市流浪。这很自由，我有大把的时间做我想做的事情。也因此吃了不少苦头，见识了形形色色的人。可是唯有她叫了我"小伙子"。

是的，没有特别的亲热，但是我还是从中读到了暖意。

我犹豫要不要离开，摆脱这个叫我觉得有点满意的

风吹过

称谓,可那双拐杖在光照下挤进了我的眼睛。黄铜铸就的金属质感,在这个冬天的下午透着冷冷的寒气。——她是个瘸子!我忍不住悄悄朝她的腿部打量,那里盖着厚厚的毛毯什么也看不到。但视线延伸,我还是从毛毯的厚薄不一和脚踝部瞅出了端倪。

那天的晚餐是满满一大碗的牛肉米粉。当然是她请。

辣得够爽,我吃出了满头的汗。在她目光的注视下,我尝试着不再让自己躲避。

第二天,还是西流湖边,我们再次"意外"相遇。我给她分享了那群绕着我飞翔的鸽子群。她给我介绍了她那只叫扣子的猫。后来,我们还一起数了湖心的那些野鸭子。当然,中间的时间,我毫不客气地喝光了她带来的热咖啡,吃掉了很多块的夹心巧克力饼。

像是一种不约之约,接下来的日子里,每天我都坦然接受了这样美妙的"待遇"。

第三周的时候下雪了。很大。整个公园都白茫茫的。

我一个人站在空荡荡的草坪上望过去,心突然开始莫名恐慌。

我想起我那逝去的外婆,给她送葬那天也是下着白茫茫的雪。

一个人默默地站了会儿,我想,这样的鬼天气,她大概不会出现了吧。

但一个声音突然就在身后响起了。嗨,小伙子——

我骤然转身,然后一步一步走向她,一步一个脚印的,走向这个矮我许多,瘦弱不堪的老太太。我从没有那天那样的感觉,想一下扑进她的怀里,抱着她痛痛快快地哭一场。

但实际上,我转身,望着她走过去,走到她面前,站住。只是伸出胳膊将她揽在了怀里。

她静止,肩膀些许颤抖,但依然任我揽着一动不动的。时间一分一秒地流失,天渐渐暗了下来。

她说,回吧。我说,嗯。那么自然,就像一开始,我就是她的孙子,她就是我的外婆。

像是经历了一场特殊的洗礼,我的僵硬开始柔软。

我结束流浪回到了家。

学会了爱和被爱。

余钱概不外借

有的时候理想是一种储蓄,也不知道什么时候才能实现,但总是在那里装着,不曾丢掉。它也许会成为一场梦,也许会成为一座灯塔——但你总有重新记起它的一刻。

酒场上,你来我往半酣时,朱小胖突然拍拍我的肩膀说,朱子清,如果你够哥们就借我十万元钱。在这之前,朱小胖给我描绘了很多次关于他的理想和他的策划。

朱小胖告诉我他打算建一个生态园基地和生态园酒店。纯绿色的那种,消费者吃的用的都是自产自销。后院大片绿地种黄瓜,栽西红柿,养鸡养鸭养鱼养老鳖。朱小胖告诉我,他打算怎么走怎么做,怎么一步一步来

风吹过

实现自己的宏伟梦想。说着，朱小胖就很认真地甩出了那句话。

想了想，我很认真地摇摇头，拒绝了朱小胖。我没解释，一句也没。

当然也没说夏威夷是我的梦想。一直都是。夏威夷是我对国外唯一的向往。

很久以来的一段时间里，我藏在夹克口袋的手心常常握着一本小小的英文大词典。凡有一点空闲，我就会拿出来细细研磨，品读。此时，跟在我屁股后面的朱文锦就会很无聊地对付脚下的一块块碎石。他抬脚，一次，又一次将那些石子一踢老远。后来，石子没了，朱文锦站起来说，热死了，靠，朱子清咱们去喝扎啤消暑！

我缓缓摇头，无比坚定地说你去吧！我得为日后去夏威夷做好准备。朱文锦不噌地笑了，咧开的大嘴一张一合冲着我说了很多冷嘲热讽的话。但我心如止水不怒不恼。他又不是第一次说我，这于我，早成了习惯。

知我者谓我心忧，不知我者谓我何求。我把这句话刻在心上。

再说，也只有朱文锦肯在听完我的豪言壮语后不是骂我神经病，只是偶尔讽我一句或两句。别人的脚步和目光始终都不肯为我停留。

说到朱文锦，不得不说说朱文锦的爸爸"猪大肠"。

猪大肠是我们那里远近闻名的"企业家"。他老人家白手起家，靠贩卖粗纱发了财，后来，在我们当地开了家纺织厂。每天的早上和下午纷纷攘攘的人成群结队地说笑着，结伴朝猪大肠的纺织厂里去。那时节，家家

第二辑　光阴不能剪

户户都羡慕黑白电视机时，猪大肠已经买了一台平面直角的大彩电，开着一辆牛皮哄哄的桑塔纳了。

朱文锦家是我们当地的"大户"。平时，我没少磕朱文锦带给我的花生瓜子干核桃。也没少在朱文锦家的三层小楼和朱文锦抵足而眠。但就是这么一个富得流油的"二代"愣是不好好读书，不知怎么喜欢上了班上的一个女孩，被拒绝后，他自己也消失了，再不肯朝学校踏进半步。但有一天，朱文锦这小子跑到班上来找我了。刚走到教室门口，就听同学说有人找我。接着我就看见了一头黄毛，疲惫不堪的朱文锦。

他问出的第一句话是，朱子清，你借我一百五十元钱。

我下意识地捂了下口袋，暗自诧异。姑姑昨天跑到学校送我二百元钱的事，这小子咋就晓得了？我想说不借，想说为什么不借。因为我确实可以说出一大堆不借的理由，理直气壮的。可那些到嘴边的话愣是化为动作先我一步把钱掏出来递了过去了。那时节，心底的火气升腾着，我恨透了背叛我的那只手，恨不得找只斧头一下砍了它。接下来我听到自己说，那你去吧，并伸手拍了拍朱文锦的肩膀。

朱文锦后来什么也没对我说就转身离开了。这一走，我再没见过他。

直到高中毕业。后来，我去外地读大学，大学四年，我常常念起朱文锦，念起就会有一个念头左右我。这友谊被一百五十元钱打败了。

大学毕业后参加了工作。闲暇的时间里，父亲和母

风吹过

亲也被我接到了身边。

一个下午我躺在客厅的沙发上假寐,父亲和母亲在阳台聊天。那些对话引起了我的注意。

我腾地坐起身问,猪大肠怎么啦?!母亲望了一望窗外淡淡地说,谁都会走的。

我又问,他的纺织厂啥时候倒闭的?母亲眯起眼睛说好几年了。你初中快要毕业时吧。接下来不等我问,母亲就告知朱文锦的父亲和母亲就是在那时离的婚。

我彻底懵了。后来的一段时间里,我不停找寻一切尽可能能和朱文锦联系上的方式。但是我找了半年却没有任何音讯。一天下午,我正要搬家时,却接到了朱文锦打过来的电话。他问清楚地点后,不消半个小时就飞来了。那个下午,我就坐在藤椅上,静静地看着朱文锦一趟趟地搬我的东西,汗流浃背的。我问他,累不?他摇摇头。再摇摇头。

晚上一起喝扎啤时朱文锦突然红了眼圈说,朱子清,我……我打断了他的话,冲他碰了一次杯。我一饮而尽。他一饮而尽。

男人和男人的情感不像女人们那么复杂。一切尽在不言中。

我在朱文锦的不理解中踉跄离席,我要去熟练我的语法。有一天,我会出现在夏威夷的海岸。吹着海风,赤着脚,脚下是细软的沙。我的姐姐走在前面,仰着头。

她偶尔会回头凝视我,很深情的那种。嘴角涡着一丝微微地笑。

▶ 第二辑　光阴不能剪

我和我的朱丽叶

　　这其实是一个和"我"无关的爱情故事。虽然被对面的朱丽叶指名，但究其根本，其实只是路人甲一个。只不过是那种死了之后，时不时还要反复活过来重新返场的路人甲。

　　朱丽叶的名字叫崔小趁，或者是崔小衬。

　　总之我不是很清楚，关于她的名字我从来没有花费心思研究过，就像她和我高中三年，我从没仔细看过她的脸。所以，关于她，我能记起的只是一个大概。常常一身深蓝色的运动套装，齐耳短发，虽然同桌那么久，几乎没听到她制造出什么大动静。最喜欢做的事情就是埋着头，趴在日记本上抄写流行歌曲的歌词。

　　记得有次课间实在是无聊，就拿眼睛瞄了瞄她和她的日记本，发现她笔尖流淌出的竟然是琼瑶阿姨书上的诗句，什么月朦胧，鸟朦胧什么的。

　　之所以知道，是因为那本书是班长的，我恰好刚翻完不久。在这里，我称呼崔小趁为"我的朱丽叶"，主要和"后来"发生的那件事情有关。后来，也就是我高中毕业读了大学，大学毕业又参加了工作后。高中三年，埋头书本的我，从未觉得"她"和"她们"有何不同。即便每年同学聚会，搞出什么给"同桌的你"唱歌，献花什么的，我也没觉出什么。

风吹过

　　直到有一天。呵呵，细究起来，很多事情都是从那一天开始发生转变的。

　　那一天，是哪一天呢？具体日期真记不清了，但粗算距今也该有两年的光景了吧。

　　但我很清晰地知道是夏季。之所以这么肯定，是因为那天半夜房间里钻进来了两只蚊子，它们萦绕在我的耳畔不肯离开，后来还趁我意识模糊之际在我的胳膊和手腕叮了几个大包。恼羞成怒的我自然是不肯罢休的，索性开了大灯，瞪大双眼在室内展开搜索。

　　朱丽叶的电话就是在此时打进来的。我吓了一大跳，思绪好久都不肯从"捉蚊子"的游戏里回来。等后来抓起电话，看看不是老家的亲人打来的，我松了一口气，摁了接听键。话筒里，一个女人的声音轻轻柔柔的，她先是问，朱子清？是你么？听我唔了声后，抽泣声马上就行云流水般从话筒那边倾泻过来。断断续续中，我终于弄明白了她是谁，也弄懂了她的话。原来，还在高中时，她就默默地喜欢着我，但是看我无动于衷，只好一个人悄悄藏在心底。她的话让我好一阵激动，直后悔那时青春年少不懂爱情，辜负了她。就在我浮想联翩，心生美好，想要和她从此翩翩飞时，她的话及时打断了我。

　　她说朱子清，你知道我为什么要在今晚告诉你这些吗？

　　我抑制着心跳说，很是陶醉很是忘情地说，崔小趁，你该早些就告诉我的。

　　可话筒里突然传来她的号啕大哭，她边哭边说，朱子清，我要和陶涛这个王八蛋离婚和你结婚！

第二辑　光阴不能剪

一瞬间，我被她这句话给冷冻了。解冻后，我问出的第一句话是，什么，你……你结婚了么？虽然没有镜子，但我猜想那时的我一定是一脸茫然吧。

后来，我猛然想起，可不是么，有次在新天地大酒店的二楼大厅，那个人高马大的黑大个就是她的新郎。说不出是庆幸还是惋惜，我不无揶揄地说了句，真的啊？我可是随时欢迎你哦。那句话之后，我们又谈了很多，但究竟谈了什么却一点也记不清了。只记得那晚下了一阵雨，雨后初晴，有月光从窗外透进来，照得心田一片清凉。

后来，尽管重逢的机会依然不多，但每次重逢，她都会笑嘻嘻地对我说，朱子清，我和我老公吵架还和你打电话哈。说完，尽管席间很多人，我们俩依然不管不顾地哈哈大笑。

我们依然会互通电话，有时我拨过去，她忙就挂掉，闲了就回过来，但第一句话依然笑呵呵地如此说。我心里很高兴，因为我知道这表示她和他的关系已经好了。

再后来，她的消息不多了。偶尔会来我的空间点个赞。

听说，她已经升级做妈妈了。

走着，走着，天黑了

家是游走的人生中的一座孤岛。不管你走了多远，你都知道它就在那里，等着有一天你回来。每个在生命

风吹过

中流浪的人不管走出了多远不管曾经有多迷茫，都会回家。

新春二月。年节的喜庆还没完全散去。

一家人都围着看梨园春的总决赛。评委打分的关键环节，老布趿拉着拖鞋从里屋走出来，说，把电视关了，我说个事儿。

于是，电视关了。

房间一下静下来。这边的儿子女儿向来听话。当然，是比较老布那三个不听话的儿女来说。为此，老布一直很欣慰。老布逢人就说，亲儿女能咋样么？哪里的黄土不埋人？老布踩着自己的这句话在小陈庄一住就是十六年。

十六年前老布是扛着破铺盖卷进入这个家的。

米嫂子的丈夫和娘家哥哥在装修公司认识了来自安徽的老布。老布那时做木工，专给客户打衣柜橱柜，床柜连体柜。米嫂子的丈夫和哥哥专给人粉墙。后来，米嫂子的丈夫出了意外事故，死亡抚恤金也是老布东跑西颠找人托人，才给弄回来的。

所以，半年后，米嫂子的哥哥一说是老布，米嫂子原本低垂的头一扬，就允了。

老布也对这门亲事乐意。他说，干活回来能有口热乎饭吃，能有说说话的人就好。

米嫂子的孩子们也喜欢老布，他们绕着老布叫他布伯伯。布伯伯来了后，家里很快翻盖了二层楼。米嫂子进进出出步子也轻盈多了。称心了，时间就过得快。

第二辑　光阴不能剪

后来，米嫂子的女儿出嫁，后来米嫂子的儿子也结了婚。

米嫂子说，往后家里没啥要劳心的事了，顶多给他们带带孩子！

老布果然很会带孩子。三四个孩子绕着老布来回跑。

上了年纪的米嫂子和老布相处得也好。即便是近两年老布被查出患了老慢支，整宿整宿地咳嗽，米嫂子也没有显出一丝丝嫌恶。她忙着给老布煮冰糖梨水，给老布摘艾蒿炒蛋，后来又煮萝卜水，总之，能用到的偏方米嫂子都使尽了。她说，外面冷呢，你出门把围巾围上，把口罩戴上。有时，也会埋怨和唠叨，说看看，看看，说啥都不听，又受凉了不是？！

可老布的咳嗽像是生了根儿，天天咳，夜夜咳的，一进入十月到来年二月整个人就没个消停。为此，老布自己买了一个唱录机，也就是个附带显示屏的DVD，躲在卧室的床上放唱戏的片子看。老布说，客厅的电视你们看，谁也不打扰谁。这多好，还不插播广告。

现在，一家人都大眼小眼地瞪着老布，等着老布的宣布。

可老布的嘴吧嗒了两下，什么也没说出来，最后挥挥手说，看吧，看电视吧！没啥事。

但老布的没啥事还是变成了有啥事。

老布是在一天早上失踪的。吃饭的点儿，咋叫都没人应，想着是睡着了，后来觉得不对，掀开帘子，只看到空空的被窝卷。电话忙了一大通也没给找到。

一周后，老布倒是自己打电话回来了。他说，我好

风吹过

好的,你们不用管我。

问何时回?老布说,不去了,不去了。真不想去了。

老布是后来的后来才说起原因的。

那时,我的洋夫君将我一个人抛在澳洲的一个小镇。

他说找寻不到继续生活在一起的意义,就义无反顾地跟着一个导游走了。

夫君将小院留给我。他劝我在那里定居。

那确实是一个美丽的地方。天蓝水清的,云朵也很白。我每天蜗居在阳台上看太阳从海面升起,又落下。夜里就听着海浪的拍打声入眠。有那么一段时间,我觉得自己真的是爱上了那个地方。可老布的电话来了,他命令我回国。

是的,是命令。口气强硬的三十二年来我第一次听到。我不甘心,说爸,好不容易我出来了,为什么还要回去?

老布说,闺女啊,人老了,都是会想家的。

阿细的抉择

有的时候不是你选择了我,而是我选择了你。有的时候不是我选择了你,而是你选择了我。看似的选择,其实是被选择。

大半夜的,手机就这么丁零零地响起来了。

拿起一看还是阿细。石头犹豫了下马上摁了接听键。

第二辑　光阴不能剪

果然，阿细在电话里细声细气地说，石头，我们俩并不合适，不如还是趁早就分了吧，免得相互拖累。石头愣了半晌，觉得自己真不该接听。

其实下午在七里河吃麻辣粉的时候阿细都已经提过一次了。当时阿细边递纸巾边细细地说，抿着的唇角还洋溢着一抹淡淡的笑。石头看阿细笑，自己也跟着傻傻地笑，麻辣粉吃得更有味，虽然石头很怵麻辣粉的味。不，也不是下午，连着这段好几个月了，隔三岔五的阿细就会说到分手。有时石头感觉她是有意的，有时又觉得是无意的，有时阿细说完好似自己也后悔了，立马拿别的话题岔开了去，石头也只好跟着朝岔路上走。有时却又说得很决绝，不容商量。

总之，认识阿细以来石头一直很被动。其实以石头的条件，怎么着也不会找阿细这样的女人的。请注意，我这里说的是女人，不是女孩。当然，并不是说阿细不好，相反阿细是一个非常有主见的女人，而且阿细还生得非常的耐看。就说一个最简单的例子吧，北方女子由于地域原因吧，大都生得骨骼架子大些壮些，远不如南方女子的玲珑雅致，但是阿细明明生在北方却偏偏就有着南方女子的韵味。如果将阿细的五官分开单看，还真和好看搭不上边，但若是综合到一起那味道就出来了。尤其阿细穿着长裙，柳荫下一走，整个人袅袅娜娜的，石头就感觉到说不出的美好，仿佛自己在春天。所以石头常常想，阿细那么美当然会被人追，早婚早育在所难免的么。是的，我这里说阿细是女人也是这个原因。

阿细是一个五岁孩子的母亲。不，我要讲的可不是

风吹过

和婚外恋有关的故事。因为去年春上阿细就已经离婚了，算起来一年多了。离婚后，阿细一个人带着女儿过。一天半夜，阿细的女儿突然发起了高烧，还说胡话。大半夜的，阿细流着泪抱着女儿朝医院跑。她们住的小区有些偏，半夜也不见什么出租，阿细抱着跑着流着泪，就在阿细累得上气不接下气时，石头出现了。石头骑着电动车，刚下夜班饥肠辘辘的，他正考虑去仙人桥那边的夜市吃碗馄饨。

这就是开始了。下面发生的故事很平淡，我就不再赘述。你也一定经历过或正在经历或将要经历。所以现在，我们就说他们分手的事。

阿细说，他又给小乖买了一双红皮鞋，小乖欢喜得不得了，小脚丫一颠儿一颠儿的，走路都是跳着的。石头知道阿细说的"他"是指阿细的前夫小乖的爸爸。上个星期阿细就告诉石头说，他给小乖买了一条小纱裙，小乖穿上像个小仙女。石头当时还没来得及搭话，阿细又说，他还给我买了一条丝巾，他出差在上海买的，看到了，觉得好看就买了，耀眼的红，像一团火。隔着话筒石头一下子就感觉到了灼人的烫，火烧火燎的。静下心分析，石头知道那个男人一定是悔悟了，感觉到阿细的好，想和阿细重新开始。但是石头才不在乎他悔悟不悔悟，石头只在乎阿细和小乖。

但此时，阿细的态度显然已经说明了一切。石头想说些什么，比如说那你们就和好吧，怎么着他也是小乖的爸爸。石头还想说，只要你阿细和小乖过得好就好，我石头一个人没啥。甚至，石头还想呵呵地笑笑显出自

第二辑　光阴不能剪

己的豁达。但是上述的这些在石头嘴边翻滚了无数次，石头还是没能说出来。石头冲着话筒嘶哑地来了句，睡吧，困了。就挂了电话。

屋里很黑。所以虽然这故事是我写的，但是我并不知道石头究竟哭没哭，但是我可以确定没听到石头哭，至少没听到石头呜呜咽咽。

很多年后，阿细问石头，你那天咋那么傻？

自　心

有些看似简单的事做起来却那么难，人可能都有会失去本心的一刻，但是最终仍然还是能够再次找回来。

接到未婚妻马燕打来的电话时马圈刚下工，正沿着八里桥朝出租屋赶。

和哥哥合租的阁楼在八里桥伊岸的上阳花园，说是花园，但那里环境又乱又差，但好在租金便宜，再加上距上班的地方也不远，每天步行二十余分钟即可。

虽然一开始马圈是打点要和马燕一起租个一室一厅的，但马燕死活不同意。马燕说我们理发店有员工公寓，离上班地方近，再说，每天半夜才下班，来回跑多麻烦。

其实马燕是想着临进城娘交代的话。娘说你这亲事虽然定下来了，但他家说好给咱的两万彩礼还欠八千。你要是一进城就和他糊弄在一起，那钱就铁定泡汤了。少了那钱，你弟咋说媳妇！但马燕不管那些，她一进城

风吹过

就让马圈赶紧给她买手机。

这不,马燕的声音震得马圈耳朵嗡嗡响:手机!!我的新手机!

马圈赶紧赔着小心说,燕啊,你要的手机晚几天才能给你买啊,这个月的工资老板还没结哩,老板去上海了,等回来才给发工资,怕要晚几天了!

谁问你工资了!电话里马燕兴奋异常地说,等你买手机到猴年马月了!告诉你这是我新买的手机,你赶紧存一下。马圈心一惊,失声道,你哪来的钱?莫不是你们老板看上你了,给你涨了工资?马燕就嘻嘻地笑,非要老板给涨工资呀?我就不能从别处赚点?实话告诉你吧,我今天可是遇上贵人啦,上午来洗头的一个客人夸我活做得好,听说我想买手机,午饭时把我拉到他的店里选了一款,成本价,才几百块钱……

隔着话筒马圈一下沉默了。马燕还在迭声地追问,你的手机摁键不是坏了么?改天我带你去也换一款,人家说了要认我当妹子的……

好呀,好呀,你干脆直接把我也换了好了,跟着人家大老板住城里别回去了!吼完马圈站在来来往往的人流中发了一会呆,闷闷地想要不要拨回去给说点软话时,桥上猛然骚动起来。顺着嘈杂声望去,桥下的漩涡里一捧头发正随着波浪一起一伏。呀,不好!惊呼声中,马圈的身体一斜就坠了下去。

马圈成名人了,还上了电视。

这当然和马陶的策划分不开。马陶是谁?马陶是马圈老家八百杆子打不着的一个叔伯哥,进城十余年摸爬

第二辑　光阴不能剪

滚打啥都干过，攒了不少钱，最近刚开了一家周易预测研究中心，给人看财运，给商铺取名，帮宅子瞧风水，也给刚出生的娃娃赐名，做胎毛笔。

面对每天不断涌来的鲜花和掌声，以及越来越多跑到医院探视自己的各界人士，马圈遵循马陶的教诲，除了背出自己姓名和村组外，就龇着牙憨憨地笑，但没几天马圈就受不了了。

早饭时马圈苦巴着脸对守在身边的马圆说，哥，我这半边脸都笑僵了，嚼东西都是木呆呆的。马圆一听，"刺啦"拆开床侧的一箱酸奶箱递一盒过来说你喝这个，有营养还不用嚼。别，别。马圈连连摆手，我可喝不惯那股子腥膻味儿。要不你给马陶说说别再让我冲着人笑了，人哪能天天笑啊，我腮帮子这几天都给笑酸了，夜黑儿我试着拧自己的脸蛋都不觉得疼了。

马圆探头看看外面，把声音压得低低地发怒，你怪难伺候。又没让你下地干活，上工地搬砖，笑笑怕个啥嘛，又不费什么力气！说着拍拍自己鼓鼓的衣兜问，你不好好笑，你不好好配合，人家谁咸淡了跑这里来看你？没人来看你，谁给咱钱？没钱老家的房子咋翻新？不翻新人家马燕和你那亲事还不跟着给黄了？

马圈就低了头嘟囔，手机都毁了，人都联系不上怕是早晚要飞。反正再来人我是不笑了，也笑不出来了。

嘴上虽然这么说，早饭后看到女记者把话筒戳过来时，不用马圆递眼色，马圈还是挤出了满脸的笑。马圈说这算啥大事哩，搁在俺马家堡谁都会这么做。

女记者就问当时就没想过自己的安危吗？你要是上

风吹过

不来咋办?

马圈说我水性好着哩,打小就下河摸鱼摸鳖的,有次涨河,我还捞过两只猪娃子……女记者忙打断他的话笑,看来你做过很多好事哩,只是……这柳处长咋能和猪娃相提并论么。说完女记者敛了笑,一阵风地离开了。

马圈转身,扯扯朝自己怒目而视的马圆问,柳处长是谁?

马圆大吼一声说,你管人是谁,反正不是你媳妇!

俗 事

有的时候其实你是在书写自己的人生,你笔下的"现在"讲述的其实是你的"未来"。是否真的会变成那样的未来,取决于你是否认得清你的现在。

晚饭时,二小子放下碗刚离桌,妻子突然红着脸小声问老赵,你一会儿洗澡不?

老赵扒拉着碗里最后的几粒饭,斜睨妻子一眼。俗不俗?每天就想着那点事!说完,老赵很不屑地回到书房,锁起门来写自己的小说。

因为痴迷文字,老赵每天都坚持写点什么。妻子当初就是看上这点和老赵结了婚。这几年,随着几篇小文见报见刊,陆陆续续收到或三十或二十的稿酬,妻子更是把老赵奉若神明,处处不敢违背。

老赵这次写的小说的主人公是个女人。大概意思就

第二辑　光阴不能剪

是这个女人几经磨难不顾家人反对，终于和深爱的男人走到一起，可谁也没料到她却在一个春夜出轨了，把自己的身体交给了一个她完全不认识的男人。思路定了，老赵开始丰满情节。

家人反对她的婚事，就写是因为男方太清贫。女人因为爱走到一起却又出轨，也一定是没抵御住外界的诱惑。可写完，老赵看看又觉得不好，情节太俗了，干脆换成是因为男方没有婚育能力，女的无奈出轨只是想要个孩子。再看，老赵还觉得俗。突然门被嘭嘭敲响，老赵的思路中断。

二小子粗厚的嗓音就蹿了进来："爸，爸，妈问你喝不喝菊花茶！"老赵的眉毛拧成一团，声音低沉。"不喝！"脚步在耳边远去，老赵接着思考自己的小说。不然就把文中的那个男人设置成一个没有责任心的人。结婚后什么都不管不问，导致那个女人心灰意冷，终于出轨？

门又响，动静明显比刚才大。"爸，妈问你不喝菊花茶，想喝什么？她正在榨胡萝卜汁，问你想不想来一杯！"老赵恼怒，三步并作两步冲过去拉开门："别再来敲我的门打扰我，我在写小说！"

二小子哦一声，那边的声响顿时就低了下来。奏效！老赵洋洋自得地锁上门继续酝酿。那个男人为什么没有责任心？他花心？爱喝酒？抽烟赌博？可老赵又觉得不好。女人能深爱那个男人，并不顾家里人反对非要嫁给他，这个男人该是有自己的优点才对。优点是什么？老赵苦苦寻找无果。不知不觉中抓起的烟盒已经空空如也，

风吹过

房间烟雾缭绕恍若仙境。正沮丧，房门再次响起，紧接着是妻子不满的嘟囔。

"这都几点了啊，你还睡不睡啊？每天都这样，要不要命了？"微蹙的眉头紧拧侧身中不满的话已箭一般冲出去。"烦不烦啊，刚不都说了别来管我么？怎么又来，困你就睡，我这里正在忙着呢，一会儿一敲门，一会儿一敲！总这样我怎么静下心写！"怒气冲冲地说完，隔着门侧耳等待，外面沉默了。过了会，走路声远去，开门关门，一切息于静寂。

松弛下来的老赵舒展了下身子，打了个分量十足的呵欠。余光瞄到时钟，三点零七。摘掉的眼镜重新戴上，盯着原稿，强拉回溜号的心。但思路凝结，写写删删好几次总也不满意。老赵有些烦躁，不知道该如何设置才最合适。不然就安排男人是诗人？不，文人。一个痴迷文字的人。对对，痴迷文字，爱面子，疏于和外界联系，里里外外都靠女人一个人撑着，久了，女人倦了累了，出轨就顺理成章。这么想着老赵笑起来，开始动笔。

但写着写着，老赵突然惊出了一身冷汗，他觉得文章里设置的那个男人太像自己。自以为是，粗暴，不做家务，不照顾孩子，更离谱的是那个男人记不清自己妻子的脸，不知道妻子喜欢穿什么样的衣服，还忘了妻子的生日和结婚纪念日。看着看着，老赵的内疚慢慢就多了。

这时房门又响，老赵放下内疚，起身拉开门，妻子睡眼惺忪地站在那里怯怯地问："你早餐想吃么？南瓜粥行不行？"

老赵愣愣，这才发现天已经放亮了。

阳台上招展的衣物在清晨的微风里流溢出淡淡的香，窗明几净，一切都洁净得一尘不染。将眯着的视线收回，看套在妻子身上的那件浅粉色的碎花睡裙。老赵的心一跳，嬉皮笑脸地问，又没戴啊？说着一只手就探过去捉。妻子脸一红，嗔老赵一眼拧身就向厨房走。那浑圆结实的腰身突然让老赵浑身一热。老赵愣一下，暗骂自己：写什么狗屁文章啊。

冲过去的老赵很轻易地将妻子拥进卧室，咔嗒一声锁上了门。

二十三岁那年的艳遇

对往事的回忆，有千千万万种，但以虚构的方式去回忆不知你可曾遇到过。当然那或许已经不能算是回忆，而是一种情怀的诉说。

那个冬夜我睡了二十三年的单人床上多了一个女子。

我和她素昧平生互不相识。更不知道她的姓名、年龄和籍贯。开始，她很拘谨地缩成一团，只盖了被子一角。后来大概扛不住冷，又看我闭着眼睛一言不发，就把身体挪进被窝缩短了和我的距离。床很小，即便隔着衣物，也感受到她肌肤的暖。我的心不受控制，突突突地使劲跳，闭着眼睛，在心里设想步骤。怎样解衣服的扣子，

风吹过

怎样解皮带扣。先脱上衣还是裤子，先脱我的还是她的。时间在一分一秒地流逝，我的燥热逐渐平息时，她却将滚烫的脑袋偎在了我的怀里。大脑一片空白的我失去思维意识，只知道机械地拍打着她的脊背。

她在我的怀里翻来翻去地煎熬着我，直到天色微明，才呢喃着睡去。盯着那熟睡的脸，我边骂自己傻蛋，边设想如何将她按住，吻她的眉还是吻她的眼，捉她的手，还是搂她的腰。甚至她如果反抗，就将她捆起来，绳子就地取材用自己的领带。千载难逢的好机会啊，唾手可得。而她似乎洞悉我所有的想法，竟然挑战似的，翻身将腿压在我的身上。我犹豫要不要抽出发麻的胳膊，逃离那条腿时，她又呢喃着探过来向我索吻。这真是令人兴奋不已，我敢打赌，任何一个高明的作家笔下都难以构架出这样的情节，但就这样真实地在我的眼前发生了。我只要闭着眼睛去捕捉或迎合，就会得到一直以来想要的。可鬼知道怎么回事，我居然一把推开她，红着脸，一本正经又十分拘谨地说，别，别这样。

我的脑袋一定是被驴踢了，不然何以会那么的不开窍。她也不相信似地瞪着我，像看一个奇怪的外星生物。接着她缩回身子开始脱自己的衣服，眼看着那凹凸已经从薄薄的毛衫下跳脱出一抹耀眼的白。仓促间我竟然捉住她的手哽咽，别，我们别这样！靠，这那里是真实的我呀。我一边恶毒地暗骂自己虚伪，装叉，一边又颤抖着手帮她将毛衣套回去，藏起那诱惑。那晚最亲热的该算是她扑进我的怀里，将饱满的胸挤压在我的胸前，额头抵着我的脖颈，号啕大哭吧。导致我的脖颈被泪水淹

第二辑 光阴不能剪

渍，湿漉漉中透着悠悠的凉意。

第一缕阳光透进窗缝时她停止哭泣，整理好自己走出了我的小屋。没有挽留，没有告别，像从没出现过一样。但她从没走出我的记忆。她走后的无数个夜晚，我都不停地反思自己行为的对与错。我无法理解自己或给自己单纯地定好人或是流氓，更没法原谅关键时刻居然这么呆傻。所以，更多时候，常常懊恼，我他妈的一定是脑子进水了，生锈了，或者脑电波短路了。不然，怎么会那么英雄情长，不管不顾地将一个陌生女子领回家。仅仅是看她喝得酩酊大醉，大半夜的一个人东倒西歪在车流之间穿梭摇晃担心么？还是看到她，想到孤单又失业的自己，都像断线的风筝那样无助？不然是那刺耳的刹车声里，看她稀里糊涂地被胖子拽着朝车上爬忽然之间正义爆发？

但我决不后悔那次遇见。若不是当时我那中气十足的一声断喝。鬼知道她那晚会在什么地方，遭遇到什么。我也常想，若不是她那晚喝得酩酊大醉，说不定我们俩之间真的会花好月圆地发生点什么。可发生点什么呢？我想了很久也想没明白。我把这件事讲给我的铁哥们兼密友赵传儿听。赵传儿撇撇丰厚的嘴，挺挺壮硕的胸，飞我一个白眼。你丫精神病又犯了不是？这次居然把自己想象成男的！真变态，写出来谁会喜欢看呀。

我突然有点后悔。不该告诉赵传儿这些。但至少我弄懂了一点，那个出现在我床上的女子绝不是赵传儿。绝不！赵传儿似乎看穿我的心思，极具轻佻地斜我一眼说，把自己写得那么嫩爽啊！

风吹过

脸一烫,这才注意到自己枯枝般的手背上,那触目惊心的老年斑。回头再看,赵传儿的背已经驼得像背着座小山。真不可思议,我居然会娶了赵传儿这么俗的女人做老婆。这真让人无法容忍,下一篇一定和她离婚!

省庄鬼脸

命运有时候就如此狰狞地印在一个人的脸上,此后的人生几乎一览无余,几近绝望。这到底是一种考验还是一种宣示,没有人能明白。

说到铁门,就绕不过省庄。说到省庄,就绕不过鬼脸。其实说到底,真正见过鬼脸的没几个人,但都被传说给骇住了。

在省庄教书那几年,曾有个学生半道退学。他的名字我至今还牢牢地记着没忘,叫林茂盛来着。我去省庄教书的第一天就当着全班学生表扬过他。说林茂盛啊,这名字好,寓意好。林茂盛,容易叫人听到就想到郁郁葱葱的场景。

按说,那年月在我们乡下,不读书的半大娃子多得很。常常三五成群地吹着口哨赶着羊,朝山旮旯儿去放去疯。一个个趾高气扬地吼着脏话,吼着歌,满心满脸的幸福模样。但我提到的林茂盛却和那些不太一样。之所以这么说,是因为我记得很清楚,林茂盛很喜欢上我的历史课。每逢上课他都正襟危坐态度端正。

第二辑　光阴不能剪

那时候上课几乎是大致讲解后，就圈出大段大段需要死背的丢给他们。

林茂盛总能第一个站在我面前背会背好。甚至，至今透过我家阳光房的玻璃，我还能望到他那双黑白分明的眼。他眨巴眨巴地望着我，似乎想要和我说些什么或问我些什么。

那眼睛清澈、灵透。带着许多的意味，或者其实什么也没有附带和担承。

那几年，乡下普遍光景不好，庄稼种到地里是靠天收，一年劳作下来，吃的粮食总是欠。四邻八乡都闹饥荒，正长个的娃子眼看都十一二岁了，倒像是才刚七八岁。小小的手掌伸出来，齐刷刷一溜鸡爪样黑、瘦。因了这缘由吧，逢集日，放学的娃子们最喜欢成群结队挤在炸马条的摊位前"一饱眼福"。

那天，合该有事。林茂盛就和班上一群娃子们挤拥在马条摊位前。摊位前门板长的面案子上全是和好的面，面案子旁蹲着满是热油冒着烟的大锅。在那之前的二十分钟里，锅里的油已经翻滚了，但炸马条的师傅说马条面还没完全炸好，就在蹲下抽烟的同时，憋足气把大铁锅从三角炉上搬了下来。炉火旺着火苗子一蹿一蹿的，哧溜着鼻涕的娃子们立马拥在了炉子的周围。炸马条实际上是我们铁门镇那一带的叫法。我也是后来进了洛阳城，才知道我们乡下叫十几年的马条原来就城里卖的"油条"。

说到油条，你一定是吃过的。配着豆浆或者小米粥就是一顿丰盛的早餐。但你的油条来自橱窗口或者塑料

风吹过

袋内。你是没见到乡下铺摊开炸油条的热闹。

那个点，镇上赶集的人愈发多了。

那时也不像现在，街镇上宝马来宝马去。见得最多的是牛皮哄哄的是马车。对，高头大马，哒哒哒、哒哒哒有节奏和韵律地从远处过来。但这畜生并不是时时都这么有修养，有时，它会猛然一摆鬃毛一撂蹄子，在镇上东闯西闯的。祸事就是在那一瞬间发生的。一声凄惨的叫声穿透省庄的上空，等明白过来，所有人都呆住了。

林茂盛——这娃子竟然被挤进了油条锅里。他的整个脑袋被热油烧得大大小小燎泡摞燎泡，有的地方已经开始红森森地浬着血。那时节人心都善，慌了神又醒悟过来的汉子们早七手八脚将吓傻的林茂盛给拽拉出来。妇女们则是唏嘘着递着主意递着招。

林茂盛是幸运的，在没被送到乡卫生室治疗之前，接受了乡邻们善意又真诚的无私"治疗"。但林茂盛又是不幸的，因为林茂盛的伤痊愈后说啥也不肯再踏进学校半步。

路上遇到，隔老远站住。我说，真不读了？林茂盛就低着头说不读了。我说，不读你以后会后悔的。林茂盛鞭子一扬啪一声震响，说读不读还不是一球样！

于是，省庄多了个蒙着脸放羊的娃子。

即便是三伏天，他也不肯将蒙着脸的头巾给取下来，谁劝都不。

有次，相距不远的云水河发大水，有女娃子被冲到河中央，林茂盛箭一般扑到水里呼啦呼啦就游过去拽住了女娃子。女娃子是在即将被运送到岸边时看到林茂盛那张脸的。其实，在林茂盛奋力朝岸边赶的过程中，岸边的很多人都看到了，也惊呆了。但谁也没料到女娃子会惊叫一声使劲挣脱了林茂盛。

齐腰深的水里，林茂盛的身子明显地打了个晃，然后就拧转身就朝云水河深处走去。

是个晴天，云水河河水浑黄，河面上不时漂过烂树枝，破木板，还有鸡子被打湿的烂翅膀。林茂盛就那样走着，走着，走进了河水深处。

祖　辈

时代变了，人的活法也变了。即便是摸着石头过河，也比固守穷山更多一些指望。君子固穷是一种高风亮节，让人民固穷是一种愚昧无知。

县上来说的是5年发展大计，但老爷子满耳听到的就是薅庄稼这一"昏招"。

领事儿的还是自己那大学毕业没几年的孙子，挂着个什么旅游开发项目干事也不知道是干啥的头衔，几十台推土机一字排开，就要毁了他满眼金黄的庄稼。

老人伤心欲绝，但县上来人说老支书你要多多担待，一切不都是为了村民好吗？知道你以前为了村子操碎了心，但大家不是得奔富裕么，咱种地种了这么多年，啥时候富裕过？时代不同了，尤其是这个试点项目机会难得，过了这个村，就再没这个店儿了呀！

风吹过

时代不同了，这点老人也懂，但是时代再不同，你不还是要吃饭吗？要吃饭就得有庄稼，把地全平了，庄稼长哪里？那些花儿是能吃还是能喝？

那些花儿……其实是让"看"的。用人家的原话说，是要发展无烟工业，通过旅游带动服务业发展。

老人听不懂，也不想懂，他看见的就是把庄稼给放倒了，然后开始种满了草。村子背靠的那座大山也铺设了便道，还种了更多的树，搭配了凉亭建筑什么的，这得花多少钱呀！老人越看越心疼。

县上的人说，老支书，我们这里一穷二白，实在是没有什么资源，所以就得想方设法创造出特色，来吸引大家来玩。你知道美国的拉斯维加斯吗？人家那就是无中生有的典型。

老爷子知道美国，但不知什么拉丝不拉丝，他心疼的就是那庄稼，农家不种地，还是农民么！

可不管老人纠结不纠结，事情在按部就班地加工赶点地进行着，方圆百十里的庄稼一下子全都变成五颜六色的花骨朵。

那形形色色从大老远跑来的外地人，也像眼前这花骨朵儿一样慢慢变多。

老人拉着据说是闻名而来的一个小青年问，说这里以前都是庄稼呀，你说可惜不！旁边的女娃子说，大爷你不觉得很美么！站山上随便朝哪里望，都像是花的海洋！简直就像在国外一样！小青年说，那我们明年还来吧。好！女娃子笑逐颜开。

那你们呢？老人问另一对儿结伴而来的游客，那是

第二辑　光阴不能剪

一对中年夫妻，老人觉得他们应该能懂自己的心情。男的想了想说，现在大家物质富足了，都追求精神享受，你们这里搞得蛮好的嘛！很有创意呀！

老人说可是我们先前还是贫困县哪，虽然吃饭不愁，但哪里有心思玩这些！

女的说，大爷你们现在的收入应该比以前多了吧？

老人想了想说是，现在一个月要比过去一年卖粮食挣的钱都多。

对方笑了，说那你还担心啥？！

老人说可是那庄稼……

女的善意地提示说，如果种庄稼贫穷，不种庄稼反而富裕，让你选的话你怎么选？

老人被难住了，咕哝说事情不该是这样的，事情不该是这样的么。

但事情真的就是这样的，周围村子家家户户都开起了小旅馆，或是小食堂，还有小超市什么的，大家脸上的笑意也多了。老人自己家里的老婆子也在给他嘀咕，说儿媳妇手里攒了好大一笔私房钱，还没分家呢！就开始公然藏钱了。

老人一门心思都放在庄稼上，哪里有闲心管这种家里琐事。

老人直接问管事的一个县上的领导，说我们种了上千年的庄稼了，现在不种了，以后呢？

这领导是村子里的一个后生，沉默了良久，说老爷子，其实县上也很忐忑，为了争取这个项目，这件事大家都是立了军令状的，要是搞不好，五年后不论职位大小就地免职。说着还把自己签的那张翻出来给老爷子看。

县里的意思很简单，不管怎么做，先让村民们富裕，其他的以后再说。我们贫困县的帽子，戴的时间太长了，不能再这么下去了。这次县里的决心很大，而且上上下下是背水一战！

可是庄稼呢，老人伤心地说，我种了一辈子的地，现在庄稼被当成草，草变成庄稼了！

祖上留给我们土地，让我们生息，我们现在也应该让这土地更富裕些，才不愧对先祖呀！老爷子！这个领导说。而且等我们真的富裕了有钱了，还可以再设法把庄稼种回来的！

老人望着这个后生说，能做到吗？

一定要做到。老爷子！而且这个项目就是您的孙子牵线搭桥的。我们做不到的事，他们年轻人总一天能的！

另一个自己

每个人都有自觉自省的一刻，人最艰难的也是面对自我。当你看见另一个自己，从昨天的对面向今天的你走来，请一定不要停留，要领着他一起走向明天。

你又看见自己。确切地说是年轻的自己。

染着黄毛，蓄着八字胡，耳朵上订满了大大小小的耳钉。

你看见年轻的自己正从一个逼仄的胡同里出来。嘴

第二辑 光阴不能剪

里吹着口哨,手里摇晃着一个带有挂链的精致小包。

当然那包不是你自己的,任谁都可以看出。小包的主人是一个穿方格子连衣裙的小姑娘,刚才,她骑着一辆单车,风一样从阳光下冲进胡同去。

你是认识那个姑娘的,那个小姑娘也认识你。能不认识吗?你的赫赫大名早就家喻户晓。

姑娘在镇子西边的聋哑学校读书。小小年纪既要照顾生病的妈妈,还要照顾年幼的妹妹。每天中午都要匆匆忙忙从学校赶回来去菜市买菜。

可年轻的自己却做得那么从容、淡定和若无其事。这让你产生很多的愤怒,但又无可奈何。攥紧的拳头伸开,你慢慢闭上眼睛。你又看见那一幕,清晰得像在昨天。

拥挤的站台,潮水般的人们,浪花般散去复来。驮着的背,敞开的衣兜以及躺在衣兜的那个手绢包黏住你的目光揭不下来。但最终伸出去的手变成了搀扶。

那天的你很快乐,是真心真意的快乐。那快乐,和"收获"的快乐不同。

你免费得到了一顿美味的晚餐,但那不过是那个老婆婆煮的黄米粥。金灿灿的,盛在一个缺了口的大碗里,你埋着头吸溜一口,五脏六腑说不出的香甜,难以描述的舒坦。这粥的热量流经你的五脏六腑,软化着你早已粗糙的神经。

后来你感觉出来了,自己真的是完全被这碗粥给打败了。

那次,你竟然跟着老太婆去抬了一编织袋垃圾。他奶奶的,虽然是"抬"不是"捡",可你后来一想起来,

风吹过

就觉得八辈子人都丢尽了，就像被封了"弼马温"的孙猴子般，再也直不起腰来。可你那时心里想的，却只是老太婆的米瓮子见底了，你饿一两顿算个屁，那老太婆未必经受得了。你知道自己是喜欢老太婆的破棚子的。尽管那里阴暗潮湿，尽管散发着一股难闻的气味，但坐在里面的你很安心。就这样，隔段你就会去"坐坐"。

那个冬天的早上，再次推开老婆婆的门的你，突然发现这个世界又只剩下了自己。你的心一下回到八岁那年的那个下午。推开房门，母亲尖尖的脚丫在头顶上荡秋千样来回晃荡。你不愿去追究母亲为什么选择那样，也不愿问及父亲到底对母亲做了什么。

等后来想问时，那个被称作的父亲的男人也了无踪迹了。邻居说死了，煤气中毒。你才不信。但那都无关紧要了，那时的你肚子好饿，只想吃一碗热腾腾的牛肉面。

你得到了一碗牛肉面。一个女人买给你的。其实你直到现在也迷惑那样的一个女人，究竟该叫阿姨还是姐姐？那女人将酒杯斟满递过来说叫我阿宝吧。

阿宝说完就开始剥你的衣服，接着剥自己的，你就那样交出了自己的第一次。你自然是一厢情愿地热烈地爱着阿宝的。所以阿宝让你去置办酒菜你就去了。可回来时，门反锁了，听着门里的动静，你迷茫了。你再次将染黑的头发染黄，去掉的耳钉换成硕大的骷髅头。接着就认识了帮主和帮主那好看的小妇人。

这便是一切的开始。小妇人眼神亮亮冷冷，当你是空气。

> 第二辑 光阴不能剪

但你开始失眠。好似中了什么邪，不能自已，无法遏制。无论躺在床上、地板上，还是躲进厨房和卫生间，总有那女人凉凉的气息漫过来将你淹没。怎么跑到那女人床上的已经记不清了，总之就那么不管不顾地纠缠在了一起。

结果，你就像现在这样少了一条腿，少了几根手指。行动开始受到限制，你只能像现在这样半闭着眼睛，捧着搪瓷杯蜷在路边昏昏沉沉的似睡非睡，似醒非醒。人啊，这么想着你突然很想哭。

但"当啷"一声脆响，阻断你的思维。

腊伟夫妻

平凡人的平凡事，但这些平凡中却透露着人性之美。其实所有的人都不完美，但在这看似的不完美中，我们却感受到了不完美中的完美。

腊伟媳妇

我想写写腊伟媳妇不是一天两天了。

应该从几年前腊伟媳妇从新疆摘棉花回来算起。

去新疆摘棉花也不是什么值得写的事情，我们豫西农村的妇女，每到九月底就开始随着政府的号召，大批量被运到新疆去摘棉花。九月份去，十一月回来，在新疆待三个月，除去吃喝，手里能落个六七千不成问题。

风吹过

腊伟媳妇就是每年报名最早的那一个。

但我要写的不是这些,而是腊伟媳妇从新疆带回来了十五斤新棉花。给我说这些的时候,腊伟媳妇掩饰不住自己满脸的喜悦,像捡了个大元宝。

想起腊伟媳妇在煤矿上扫地时,每次下班都往草帽里塞几块矿上的铁疙瘩;在镇上酒店当服务员时,每次回来都会在衣兜里藏一块带着体温的豆腐或者牛肉。我就没有问她棉花的来路,而是直接问她,这么多,你究竟咋带回来的?

腊伟媳妇笑笑说,和衣服捆在一起带回来的。说完,看了我一眼说,那管事的真狠,非要两盒烟才中。说完,腊伟媳妇炫耀似的接着说,咱村一起去的建贵媳妇,每次把棉花藏在衣裳兜里,憋得不轻,没几天就被人家管事的发现了。说完腊伟媳妇突然就冲着我咯咯咯地笑成了一只老母鸡。我藏的地方呀,他们想寻也寻不着。

我不由好奇,脱口问,那你藏在哪儿了?

腊伟媳妇笑着指指晾晒在绳子上的胸罩。我的脸一下子变得发烫,紧接着心就开始潮湿起来。透过弥漫的雾气,好似看到一望无际的棉花地里腊伟媳妇一边东张西望,一边偷偷朝自己的胸罩里塞棉花。

我就是从那时起开始喜欢上腊伟媳妇的。

腊 伟

腊伟说,横水街的闺女不能要。

来说媒的二嫂听了就乐了,颤颤地抖着肩膀笑,腊伟,你倒说说人家横水街的闺女咋了?咋不能要?咋惹

第二辑 光阴不能剪

住你了？

腊伟撇着嘴说，别的不知道，但逢初一十五赶集子，那些出摊卖衣服卖布匹的不都是横水街的闺女吗？说话霸道，蛮不讲理不说，那一个个赛着把脸抹得刷白刷白，嘴唇涂得血红血红，眉毛描成两条铅棍，也不怕掉下来砸住自己的脚。

二嫂笑得更厉害了，前俯后仰地捂着肚子蹲在地上。

笑什么，横水街闺女的名声谁不知道？腊伟认真地说。

二嫂直起腰，扑拉扑拉自己的衣襟说，你说的那是有数的几个，人家不做生意的闺女娃性子可是好着哩。腊伟却把头摇得像拨浪鼓，那也不中！

可腊伟还是娶了横水街的闺女。结婚那天有人问腊伟媳妇好看不？就有一大片声音嘎嘎笑着迎合说，好看，脸抹得刷白刷白，嘴唇涂得血红血红，眉毛描成两条铅棍，也不怕掉下来砸住自己的脚。

说这都是二十年前的事了，现在腊伟家的闺女都十八了。

腊伟当然也没当初刚从部队退伍回来时那么英俊帅气了，腊伟现在在家里种蘑菇，每天清晨采两大筐子送到村口的矿食堂里去。腊伟媳妇在村口的煤矿上当清洁工，每月也有千把块钱的进账。

腊伟刚才就去给煤矿上送蘑菇回来，现在又发动着三轮车要出去。

腊伟媳妇赶紧从灶房追出来问，腊伟你干啥这么急，汤都顾不得喝？

风吹过

腊伟急赤白脸地挥挥手说，哎呀，你先吃吧，今儿的钱给算错了！

算错多少？腊伟媳妇一听，脚一抬就坐到了三轮车上，我和你一起去，他们敢赖账再说！

赖啥帐，是给咱算多了，我赶紧给人家退回去。

"扑哧"一声，腊伟媳妇笑了，"咚"地从三轮车上跳了下来。

到洛河岸边去看海

生活是艰难的，在艰难的生活中，每个人都需要一种支撑自己的力量。这种力量往往来自于某种执着，比如说"爱"。

那个下午天空洗过似的蓝，几丝透明的云纱正要散。

田嫂没有像平时那样守在桃源小区的补鞋摊位前，这让前来补鞋的人白跑了一趟。站了会，聊了会，依然不见田嫂的影子，只好都拎着鞋子回了家。

这在以往是不曾有的事。一年三百六十五天，哪天田嫂不是安静地守着自己的补鞋摊，将瘦弱的身子埋在一大堆将要补的鞋子中？八年了，当初头大腿细，青蛙一样离不开身儿的娃子如今也长大了。而田嫂虽说不上俊俏，模样倒也算得上周正。自在小区的角落安顿下来后，每天寡言少语地忙碌，大家慢慢也就习惯了他们母子的存在。

第二辑 光阴不能剪

每逢换季，时不时地就有女人将自家不穿的衣物或鞋子提来送给她们。也有妇人三番五次跑来与田嫂"商议"，鼓捣田嫂去和一些男人见面，希望能给田嫂寻个好婆家，后半辈子也好有个着落。田嫂当然是没有时间的，虽说娃已经三岁多了，但只要离身就会有这样那样的意外发生。田嫂不去，有人就自作主张将那些男人带到小区来相看，远远地只看看田嫂当然是没有话说的。可目光只要一扫到田嫂身边拖着的"油瓶"，许多男人招呼也不打，就走了。

但这都是以前了。现在，田嫂靠着自己的双手，将儿子从当初的跪爬拉扯到如今的十二岁。虽然至今孩子个头仍然不算太高，且很多事情也都必须要仰仗田嫂帮助才能完成，但令田嫂无限欣慰的是，儿子已经学会一个人安静地待着，而不耽误田嫂做活了。

田嫂到底去哪里了呢？有疑问的人不知道，小区的人也不知道。其实就连田嫂自己也不是很清楚。但毫无疑问距此二十多公里的洛河岸边坐着的正是田嫂，她的怀里抱着的也正是她那个智障的宝贝儿子。儿子不懂这些，他兴奋地注视着波涛澎湃的洛河水仰脸问，妈妈，看海？田嫂拢拢儿子的头发咬着嘴唇笑，在看呢。

是的，看海。这是田嫂这个智障儿子近来一直念叨的话。也不知他从电视上还是哪里知道了"海"这个字，每天就不厌其烦地嚷着，看海！看海！

昨天晚饭时不小心打翻了饭碗，汤汁流了自己一身，田嫂收拾时他又因此尿湿了裤子，闹腾很久，洗换干净

风吹过

的他躺在被窝里后无论田嫂怎么哄，始终嘟嘟囔囔不肯把自己的半拉身子放进被窝。担心他感冒的田嫂只好哄他说，囝囝乖，早点睡，妈妈明天带你去看海。没想到这句话还真起了作用，儿子瘦弱的小身子一下就藏到了被窝里。儿子安静了，没一会儿就沉入了梦乡，但田嫂的眼泪线似的怎么也止不住。躺在黑暗里的她，暗自下了决心，明天不做活儿，带着儿子去洛河！

天很蓝，大概是由于天冷，洛河岸边并没什么人。

田嫂的儿子趔趔趄趄地奔跑在沙滩上。他在捡石头。来来回回地已经捡了一小堆了。大大小小，形状各异的石头挤在一起。坐在沙滩上的田嫂静静默默地望着，抱着自己的膝盖。这里是洛河东岸，有芦苇，有沙滩，且水质清冽，河里有螃蟹和小鱼儿。夏天时，常有人来垂钓或游泳，男男女女借着芦苇脱了衣裳下去，有的便再也没有机会上来，零落遗留的衣衫褪了色满了尘。也就在前几天，还有报道说一个年轻女子因恋爱失败跳进洛河自杀身亡。

田嫂静静地坐着，望着，想着。一个下午的时间就这么悄悄溜走了。

身上冷飕飕的，抬头看看太阳已经不见了。深深地叹口气，揉揉眼睛，拍打着发麻发酸的膝盖站起。刚才奔跑的儿子此时正在余晖里埋着头玩石头，他摆的歪歪扭扭的，不仔细看真弄不懂是什么。但田嫂还是一眼看出那是一座房子。

那就是一座房子。田嫂说。

田嫂说的时候，她正坐在电视台的演播大厅，面对着主持人和摄像机镜头。田嫂流着泪微笑着。

主持人问，是什么让你选择了留下？

田嫂抱紧儿子微笑，他那天那么快乐。

阳光，沙滩，还有那些石头。

清明时节

清明时节雨纷纷，路上行人欲断魂。但这里魂不守舍的不是上坟的行人，而是对于老冯生意经的那份困惑。

趁着假期我决定去老冯那里看看。

老冯在邝山岭上开了个生态园，去年至今老冯给我打过无数次邀请电话。忙是一方面，大大小小接手的案子有几十起，事无巨细哪个都需要亲自费心费神。而之所以一直没去的另一个因素，则是因为其中有件小案子多多少少和老冯有那么点牵扯。

我向来是个公私分明的人，大的方面绝不马虎和姑息。所以，我绝不可能为了去喝几口小酒给自己生出一大堆事情来。

可现在不一样了，和老冯有牵扯的案子早已结案，原告方主动撤案，说是自己一时财迷心窍，看老冯家大业大忍不住想敲一杠子。这种事几乎天天都在我眼皮子底下发生，这样的人也并不少见。法院工作这几年我都已经见怪不怪了。刚当上书记那时，不是还有人放出风

风吹过

来说我和某校高级教师关系暧昧么？甚至把我们怎么约会，怎么开房间去哪里旅游都说得一清二楚。这些无中生有的事被编排得比真的还真，不由人不信。但好在真金不怕火炼，我最终经得住了组织对我的考验。

酒过三巡，老冯兴致勃勃地拉着我看生态园全貌。东边岭上几间石棉瓦房，前面被丝网网成一个大院子。院子里是花花绿绿的锦鸡、环颈堆鸡、龙凤鸡和乌鸡。老冯指着席上的砂锅煲说，咱吃的就是这些。那时，院子西边一畦一畦的小青菜，嫩生菜，野韭菜鲜翠欲滴；葡萄架下的石桌石凳，院子北边红彤彤的西红柿，一根根垂蛇一样的长豆角，四周无不生机盎然透着勃勃生机。我忍不住夸赞，这里可真个好地方！

老冯一高兴又带我去看了最东角的大池塘。大池子被隔成几个小格，分别养着中华鲟、鳜鱼、乌龟和寻常河鲜类。老冯得意扬扬地说，现在是白天，你看不到，等到了晚上，咱这里才是天上人间。我疑惑，真的么？这里距离市区这么远，会有人来么？老冯吸了一口烟，无声地笑了。

坡后层层叠叠的山地都被种植上了人参、天麻、党参。看着，我不得不佩服老冯的思路，这整个就是郊区生态游路线。市民们不用花很多钱，就可以轻易和大自然亲密接触，可以采摘草莓，可以摘青菜，摘豆角，可以自己烤鱼，烤鸡翅，孩子们也可以荡秋千，玩泥巴。

绕到后面一排排挂着花布帘的窑洞时，老冯看我一眼说，这是客房。

第二辑 光阴不能剪

客房？我问，老冯点头。说来的人不想走晚上可以住下来，钱也不多，一晚上五十六十看着给。既然来，都是朋友，所以咱不设什么前台什么经理，也不要什么登记手续，既然来了咱这穷乡僻壤的，就都是朋友，不是朋友也是朋友的朋友介绍来的。来就是图放松，看着好就住，想吃什么就吃。停顿了下，老冯说，不瞒你说，那边我还设有棋牌室和卡拉 OK 小包间，想唱歌跳舞什么的随便选。我张张嘴，想说什么还是没说。

是在回城的路上看到那片坡地的，密密麻麻栽满了小树苗，每一棵小树苗上都挂着一个心形的小牌子，我惊讶，这又是什么？老冯笑了。哈，春天时搞的活动，你植树我献爱心。花三十元钱就可以亲手种下一棵树。这棵树你有看望权，却没有拥有权。

那这些树要是没养活死了咋办？

死了，就落个坑，明年接着还可以卖给别人种。

那要是没死呢？

没死，这就是咱的树么。都是果树呢，没几年就会挂果了。

犹豫了下，我还是问出了刚才想的问题。这么一大片邙山岭，你咋接手过来的？难道当初就没有哪一家一户不肯配合，不肯出让的？要知道之前这里可全是绿油油的麦田啊。

老冯的嘴角抽动了一下，露出几分苦笑说，能咋办么，那帮见识短浅的刁民。没别的招，还不是拿钱使劲砸么。我不知道老冯究竟拿了多少钱才砸出如今这个样子，也不知那些失去土地的农民如今都靠什么

风吹过

来生活。对于老冯的生态园,我来过一次后再也没了兴致。

我经常想起和老冯有关的那个案子,但细节一点也记不清了。

大　火

人心是最难理解的东西,不在其人不知其意。情感也是最难以琢磨的东西,且看云深不知处,全因身在此山中。

此火非彼火,眼睁睁看着燃烧,我却不知该如何扑救。

晚饭时,从不喝酒的父亲突然端起酒杯抿了一口,说下周我要搬到大坪去。

大坪?我大惊,赶紧阻止。那地方有什么好?那么闭塞,交通也不方便。

但是有很多桃树啊。父亲说着突然止住,涨红了脸讪讪地笑。我突然明白过来,父亲不是在开玩笑,他是为了那个女人才做的决定。

三月份父亲跟着老曾的摄影团去大坪采风,桃林深处,父亲迷路掉了队,那女子就是在那时出现在父亲面前的。但我坚持认为那是个阴谋,说不了老曾也是同谋。

天真的父亲无意间被人设计,成了那他们盘里的菜。

▶ 第二辑　光阴不能剪

是个坚强的好女子。父亲望着窗外说。开始还以为顶多有三十多岁。说完怕我不信，父亲又扭过头来强调。人好看，老曾第一眼就迷上了。父亲说的时候嘴角露出丝嘲讽的笑。我想，父亲定是不屑于这些。自母亲离世十多年来，多少做媒的都被父亲谢绝了。一直深居简出的父亲，钓钓鱼，下下棋，过着清心寡欲的生活。我感觉父亲心如止水。

可事实并不是这样子。从父亲回来后明显的情绪变化就可以看出。

首先，父亲外出勤了。然后时间长了。后来开始发展到彻夜不归甚至连着几天都失去联系。回来时追问，父亲却很不耐烦地摆摆手说，咋了？难道我一个老头子还要受你小子管制？我就不能有自己的生活？难道我们老年人一起打打牌，下下棋不行吗？

话虽如此说，但终究纸包不住火。那天跑去棋牌室找他取钥匙，一下子露了馅。

但父亲依然坚决否认。而且隔三岔五的，照样说失踪就失踪。

这不，一大早起来父亲说，我今儿要和老曾去洛河钓鱼！说完背起收拾好的渔具就出了门。半晌时老曾却突然推门进来说，老柳，这会得闲，咱俩好好杀几盘。

咦……我开始警惕。

父亲说，我明天要去后街澡堂子泡澡，去早点汤池人少水清。早饭自己解决，你们吃自己的。上班途中打那里经过，无意中一抬头，后街澡堂子停业装

风吹过

修了。

我吃惊，感觉到问题的严重性。种种理不顺的事也在瞬间理顺了。

就在此时发现，放在抽屉的存折不见了。后来存折回到抽屉，里面的六万多现金消失了。

父亲涨红着脸嚷嚷，不是说都给我用的么？我想咋处理就咋处理！

经过跟踪调查，那个女人终于浮出水面。我吃惊地发现女人并不像父亲说的是一个人。她有丈夫还有三个正在读书的小孩。丈夫先前是个司机，现在瘫在床上需要照顾。后来，更令我吃惊的事情出现了，除了我父亲外，那女人同时和摄影团里好几个男人保持着密切联系。

我决定和父亲摊牌，将调查到的情况全盘托出，免得父亲执迷不悟，回头无岸。

可谁知我的话还没完全讲完，父亲就站起来反问：难道像她这样的女人不值得所有人来关爱吗？父亲的声音不大，但态度坚决不容置疑。说完父亲又板着脸说你别再在我跟前得瑟什么了，活了半辈了，有啥我不知道的。

……那，搬过去你要住到哪里？我有些恼怒地问。

镇上啊。父亲脸色突然缓和过来，摩挲着茶杯淡淡地笑，我已经和人合伙，承包了大坪乡的鱼塘和梯田桃林。哎呀，人间仙境啊。父亲突然感叹，你没见过，那桃树开花时，有多美，多迷人。人没到，花香弥漫，远远望去花海叠绕……

▶ 第二辑 光阴不能剪

父亲兴奋地描绘着，脸上红光满面的，整个人像是要燃烧起来。

我突然发现，我和父亲一直隔着段距离，我从来没有走近他。

风吹过

第三辑 透过开满鲜花的月亮

什么最美？任何文字难以描述她，只能去感知。"最美"不是形容词而是一个名词。那也许是一处你从没见过的美景，或者是一个你从未见到过的姑娘的名字。只有当某一天你偶遇她时，你才会恍然大悟，原来这才是"最美"。是的，那就是"最美"，是一生只能有一次的顿悟。

天地乾坤

靖康耻，犹未雪。臣子恨，何时灭！驾长车，踏破贺兰山缺。壮志饥餐胡虏肉，笑谈渴饮匈奴血。待从头，收拾旧山河，朝天阙。这是一曲英雄悲歌。

来的都是江湖豪客。为的就是梅花锁。

第三辑　透过开满鲜花的月亮

梅花锁为梅庄所产，南宋年间梅庄经过数代人的努力，制锁技艺已在业界声名鹊起。而上一代老庄主更是集天地所成，融古往今来技艺为一体，广收东狄西戎南蛮北夷制锁工艺之精华，创出了独步天下的梅花对心锁。使得梅花锁一举成为天下锁钥首选。

梅花对心锁的关键在于其"对顶梅花芯"，这种锁芯不但部件繁多制作工艺复杂，仅是拼装难度之大，连梅庄的老匠人也都为之嗟呀不已。曾有此中能手耗费数年拆解钻研，却一无所获。也正因为此，虽然有众多同行觊觎，但是"对顶梅花芯"依然是梅庄梅氏不二传的独门绝技，而置入此芯的梅花对心锁，自然也就成了天下锁钥之魁首。

而这次众江湖豪客之所以成群结队汹涌而来，就是要逼梅庄梅氏公开梅花对心锁的破解之法。而且还带来个无法拒绝的理由——

救岳大将军！

梅庄庄主一听"岳大将军"几个字，脸上的肉抖了几抖。岳飞岳将军被十二道金牌召回的事情已经传得天下皆知，有志之士无不扼腕长叹，对时局亦是忧心忡忡。近来更是风闻奸相秦桧欲对岳大人下毒手，于是愁云惨淡之下愈发人心惶惶。

梅庄庄主轻捋下须，端茶沉吟不语。

人心浮躁的大厅上，众豪杰中有一人面目峥嵘，绰号鬼头刀，按捺不住上前一步慷慨陈词道，只要有了梅花对心锁的破解之法，俺一人便可将岳大人救出牢笼！说着拍着自己的脖颈道，即便是留下此头也在所不惜！

风吹过

不错！人群中又有一人高声叫道，小的不才人送绰号飞天蚤，夜探牢狱数次，然而关押岳大人的牢笼乃是冰玄寒铁所铸，刀剑所不能破。小的多方打听，牢笼锁钥乃梅氏所供，还望梅庄主可怜天下苍生，能够深明大义，告知破解之法。如能救得岳大人出狱，则天下苍生无不感激涕零！

若是不说，你且看！说话间一阵寒风削面而过，哗啦一声旁边的八仙桌被一柄突飞而来的巨斧斩得四分五裂，茶水飞溅，壶摔杯碎。

掷斧之人绰号赤发阎罗，两个自家兄弟为了断后，上个月惨死在岳大人牢笼前，所以一想起还被奸相挂在城楼上示众兄弟的头颅，不免目眦俱裂，如提小鸡般一把揪住梅庄主。那架势，敢情要是对方嘴里胆敢蹦出半个"不"字，立马就能将其生吞活剥。

梅庄主肃然而立拱手道，诸位好汉，梅氏虽不是名门大族，但是忠贞大体依然识得，我愿以举族之力，助各位英雄！

但是情形远要比想象的复杂。被偷偷带入的梅庄主在第一道暗门前就眉头紧皱，因为这锁，被人动过。

朝廷定制的这批锁具，有一些是经数年方才打造好，用料非同一般，更因为是精铁浇铸，短时间内寻常刀斧无法击破。

一同前来的鬼头刀怒道，你现在说这些有个屁用！要是打不开，俺这就一刀砍了你！

梅庄主冷笑道，这世上还没有我梅家开不了的锁。对呀！这可是梅家！

第三辑　透过开满鲜花的月亮

问题是，即便是以锁钥立家的梅家，也开不了天地乾坤锁！

所以梅庄主额头上的汗越来越多，手开始颤抖。

所谓"天地乾坤锁"，一个颤颤巍巍的须发老头，反披着狱卒的号衣，端酒凝神听了会儿解释道，秉承的乃是"为天地立心，为万物请命"。

说这话时把剩下的酒一饮而尽，神态慢条斯理，似乎全然不晓得数墙之隔的外面，一帮劫狱者的惊惧焦灼，慢慢道，秉持的乃是一种浩然之气，非凡间俗物所能破解，此等都是碌碌小辈，不懂深浅。

大人！老头又倒了半碗酒侧着递了进去，酒顺着粗糙的手洒落一地，只是您身负天下重任，若不惜身，让黎民苍生今后如何依仗！

牢笼内的人接了酒同样一饮而尽，慨然道，三十功名尘与土，这些都是身外俗物！区区贱命更是早就捐与国家！愿此生战死沙场，马革裹尸方是痛快！不是吾不惜身，而是吾志在此！老哥哥方才言"为天地立心，为万物请命"，也是吾此生所愿！

说罢，掷碗于地，慷慨激昂道：

靖康耻，犹未雪。臣子恨，何时灭！驾长车，踏破贺兰山缺。壮志饥餐胡虏肉，笑谈渴饮匈奴血。待从头，收拾旧山河，朝天阙。

待唱到末尾一句时，声音苍茫，目眦尽裂，咳血不止。

老狱卒亦是泪流满面，道，我梅家一向立志执天下锁钥之牛耳，不料能与大人有此机缘。天地乾坤锁乃我毕生心血所悟，但凡能为大人之志起到半点助力，也不

风吹过

妄此生所学！只是，大人，大人……

说着，老狱卒亦泣不成声。

这不同之心相同之意的哭诉，历史里没有记录，只流传在梅家的族训之中。梅家那代先祖连续两代杰出家主同天殒命，唯留下来两句遗言是为明训：

为天地用心，为万民请命。

是为记。

星星索

古人相信天上的星星昭示着地上人们的命数，迷信不迷信且不说，有时候星星确实可以改变一个人的命运。

事情的开始显得有点过于寻常。他只是个在田间地头干活的娃子，快十七岁了，按农村的算法，虚岁十八，可以说是要顶半个大人用的时候。

他所在的村，怎么说呢？套用句当地人的话，就是个个穷得都只剩下个名字，而且还是男娃子名，因为女娃但凡长着两条腿的都把自己给糊弄出去了。是么！这地方，要不是因为生下来就掉在这旮旯里，哪个愿待！所以光棍特别多，愁人！比天旱地里一连半个月浇不上水还愁！

娶亲？嗯，基本上都是靠骗。不骗能行么？！骗什么的都有！比如让女人全权管家啦，其实那家就那么一个半个粮仓，整天管老鼠还差不多。再比如公婆双亡啦，

第三辑 透过开满鲜花的月亮

实际上嫁过来一年后娃子也生了，才发现原来邻里关系一直挺好的那老两口竟然是自家人！得喊爹娘！！咳，那闹腾和闹心就甭提了。

不过这些暂时都和他无关。他们家地少，人更少。现在就剩他和娘。他娘还是个瞎子，他们家那也不叫房，而是别人废弃的窑洞，娘俩整理出来给住着。反正冬暖夏凉，也挺好。就这样，日子是一天一天地熬着过。

祖辈上其实都是这么过来的，也没感觉有啥不好。他最初也是这样想，打算再过几年跟那些叔伯们一样，也糊弄个媳妇或者糊弄成光棍，把自己这页给这么着翻过去。

一直这么理解自己人生的他，当时刚好从镇上的废品收购站出来，他人小本儿少，农闲时基本上就是靠自己腿勤手快眼尖嘴甜，淘点被人废弃的东西，拿到镇上换几个小钱，够娘俩一个月的盐钱。这回还像往常一样，从废品收购站出来的他，习惯性地往旁边的小商店望了一眼，里面那台破旧的电视，依旧唧唧哇哇地响，几个老头在凉棚下棋，正杀到关键处。

他喊了声，卖东西的老头舍不得离开棋盘，挥手让他等。他等了会儿，仍然不见对方见出分晓。电视的声音很大，他就趁势多瞅了两眼。里面其实是一个庆典，已经到了接近尾声，最后主持人（那女人穿得可真稀罕）动情地说，从此，开封的名字将印在天穹之上，这颗被命名为"开封星"的星星，将和我们一起见证开封的再次辉煌……

他看不懂。"开封"他知道，是座大城市，村里的

风吹过

人结婚都去那儿置办东西，对于他来讲，开封和他之间，就如他和北京之间的距离一样，那都是一种憧憬。意味着人生中某个极为重要的时刻。

关键是"开封星"？天上的星星除了叫太阳月亮，还能叫"开封"？

这个他当然不懂。如果开封和北京与他的距离还可以用"远"和"很远"来形容的话，那么天上的星星——恒星也好行星也罢——对于他完全就是另一个世界里的东西。

但正是因为不懂，所以就不免格外好奇。何况夏夜里蚊子多，睡不着就跑到窑顶坐着。他就瞅天上的星星，当然他是一颗也认不出来的，他唯一能区分的就是谁亮一点谁不那么亮。

问题是，哪个是"开封星"呢？

这疑惑就像颗种子一样在他心里发芽。以至于平常无奇的夏夜开始对他产生了一种特别的味道。

他第一次产生出想看穿这夜幕的渴望。这世界上显然存在着一些他不知道的有趣的事情。于是有一种迫切感把他包围，他一再试图抓住这个感觉。后来他终于明白了，他想读书！

他想的是"读书"而不是"上学"。后者对于他就是天方夜谭，毕竟他的年岁也太大了，他人生中的"义务教育"早就被山沟沟里的棱棱沿沿给梳理完成。所以他就奔向了最核心的方位。

书是不难找的。他去卖废品的收购站里就有很多。经常是满麻袋满麻袋地堆在那儿。最初的时候他是随手

第三辑　透过开满鲜花的月亮

找了两本。后来经人指点才注意到还有一种叫"新华字典"的东西。拼音学着很头疼，但是学完后他发现一切障碍都开始迎刃而解。再也不用那么去麻烦别人，自己一个字一个字地可以翻着啃下来。

他能读大部头了。他甚至自学了数学物理。很久以后第二次参加成人高考，眼看就要摸着了录取分数线。

他通过自查资料以及咨询知道娘患的那叫"白内障"，现在大概有五千块钱就能重见天日。

他准备明年离开开封到北京打工。他知道很难，因为要带着娘一起。听说那边租房很贵。但是一切困难都会解决。尤其是他听说北京有好的天文台，他相信在那里他一定能看到那颗叫"开封"的星星。

从前有座山

山在死去。山为什么会死？当然是因为树都没了。没了树的山其实不叫山，而是叫作大坟头。毫无生气，只有一片死气沉沉。

我给老仓打电话，老仓的两个手机都欠费停机。

开什么玩笑，堂堂木器厂的厂长老仓，手下管着百十号人的老仓竟然会欠费停机？

第三次从老仓家出来，我恨不得要骂娘了。这货竟然还没回来。家里依然是大门紧闭，阶前尘土大厚。没奈何，我给老仓的小娇妻我的小嫂子打电话。电话一通，

风吹过

小嫂子在话筒那端直哭得抽抽噎噎,翻来覆去只说你快劝劝老仓吧,不知中了什么邪,自从前段时间他进了一趟山回来,也不知犯了啥毛病,直接没商量就解散了木器厂。现在,整个人也失踪了。

蹊跷!我立马通过电台发寻人启事,大街小巷贴满老仓照片的寻人广告。我跑进辖区派出所报警。就在我忙得不亦乐乎时,老仓却突然出现了。

那天下着雨,清晨出门穿得少有点小感冒,半晌时我决定临时回家。一进家门,老仓竟然正躺在沙发上在看电视新闻。看见我,老仓冲我龇着满嘴的大胡子笑,那形象,活像一只大猩猩。

老仓说你这货真够意思,这么久了,竟然还没换一把新锁。我擂了老仓一拳说,你这货还不一样,这么久了,这里的钥匙不还没丢!

老仓是我铁哥们,老仓没结婚时,这里就是我和老仓的根据地。

老仓的目光和我对视,碰撞中我们彼此都纵情大笑。我从冰箱拿出啤酒给过去,我们干杯。一罐啤酒还没喝完,老仓突然放下易拉罐很严肃地说,我要带你去个地方。

还要上班呢,我马上摆手拒绝。老仓却"啪"拍出一沓钞票说,你请假,这算你的休假补贴。我瞪老仓一眼,毫不客气地把钱捞了过来说,不够啊,你还欠着我呢。

老仓笑了,挠挠头皮说,先拿着,以后少不了你!

要去的地方叫白云山。

山间松涛葱郁,柏树成林,林间菌蘑丛生,百鸟筑

第三辑　透过开满鲜花的月亮

巢，婉转鸣翠。进得山来更是五步一溪，十步一潭，山坳里白云翻滚缭绕，如雾、如云、似烟。一条小路蜿蜒曲折通往极目崖，刚才还有阳光透下斑驳影，一瞬又是云罩山雨急。

老仓递给我一把伞歉意地说，不习惯吧，其实这里很不错的。

我掂掂淋湿的衣衫冲着老仓没好气，你这货准是吃错药了，到底哪根筋搭错了，犯的啥毛病放着好好的生意不料理，年轻貌美的小娇妻不顾，一个人跑到这深山老林充什么山大王。

老仓不回答，只是望着我呵呵地笑。要不是念在从小光屁股玩泥巴的份上，我真想狠狠地给老仓来一脚。

路过一个山坳时，我们坐下来休息。幽深的红杉林透着阵阵苍凉和古意，一眼望不到边。我不由赞叹，这些可是做家具的好料啊！你这趟不会是来考察的吧？老仓却答非所问地说，你看看，越来越少了。顺着老仓的手指望过去，我这才发现，红杉林中密密麻麻的树桩子一个挨一个蹲在那里，远远望去就像一座座墓碑杵着。我故作轻松地笑，种树么，当然就是为了成材后派上用途，不然树的价值体现在哪里？

老仓低着头没有回答。许久后，老仓突然抬起头说，你现在看到的山是山，再过几年这里就不叫山了。哈，我笑，不叫山叫什么？

叫墓，坟墓的墓。老仓说。老仓说的时候，眼里竟然还泛着泪影。

风吹过

矫情啊。我刚嚷出来却又被巨大的羞愧淹没,一瞬间却又不知该说些什么好。

小嫂子那段让我很不以为然的话又蹦了出来。

她说,老仓不知中了什么邪,说这次进山,看到了一只红狐狸。老仓回来后就夜不能寐,没几天就解散了木器厂……就在我将要挂断电话时,她又说,老仓说那只红狐狸全身火红,跳跃着从远处跑来,就像一团火焰,然后停在老仓面前。

老仓说,那感觉好神奇,红狐狸的眼里全是泪。

原本停了的雨,突然又下了下来。

山上有座庙

给领导开车最为难的是不能有思想,但不能有思想的脑袋有的时候却要回答领导自己内心的迷茫。

领导给司机打电话时,司机还在梦中。

昨天司机陪着领导到 A 市参加一个酒宴,完了又在 A 市最大的休闲中心月亮泉外面等到半夜,这才刚回来几个小时。可司机知道自己不能透出一点一滴的倦怠,司机心里清楚自己现在能给这么大的领导当司机,这在自己的司机生涯中绝对是至高无上的荣光,更是自己几辈子才修来的福分,自己当初求这个求那个的那点付出根本不算什么。司机也以自己十几年的经验积累知道,自己那点点付出,简直什么都不是。

第三辑　透过开满鲜花的月亮

司机心里也很清楚，每天都有很多人都眼巴巴地窥探这自己这个司机的职位，盼望着自己有一天能下去，好空出位子来给他们。所以，司机每次都很尽心，每次也从不多言。

司机也像从前那样，尽量不去记领导每天接触的什么人。男的，女的，老的，少的，司机统统不记。不但不记，司机甚至不像从前那样悄悄拿余光去瞄他们。即便有时他们会强行挤进司机的眼眶里，司机也会立马闭上眼睛，尽自己的最大力量把他们都赶出去。

司机也从不记每天都开着车接了什么人，到了什么地方。更不记送领导去了什么地方，见了什么人。司机也打定主意，假使有人问起，司机要么装着没听见，要么就瞪大眼睛问对方，是啊，到底是去什么地方了呢？这点，司机自信自己会做得不留一点缝隙。

司机确实是个好司机。这点领导们心里最清楚。不然也不会在接连换了好几届领导以后，司机还是老司机。司机也知道领导最信赖自己，所以司机对领导也很忠心不二。司机一直没说，领导在司机眼里其实就是个神，能呼风唤雨的神。在司机眼里，再也没有比领导更有能力，更有魅力，更有范的男人了。司机觉得领导做什么都是对的，领导的指令更是无须过问的，领导想什么都是想当然的，都是应该的，正确的。

所以，现在，司机捧着电话从床上一轱辘爬起来说，好，好！我马上过去。

外面天还未完全亮，司机载着领导开始缓缓出城。

原来不是上班啊，司机想。那会是去哪里呢？

风吹过

但司机没问。司机虽然没问,领导却问了。领导的声音微微发颤,有些软,有些轻,像一只触角从司机后脑勺探过来,说,你说我们去哪里好?

司机愣了一下,很诧异自己是不是接错了人,司机甚至很想扭回头检查一下,坐在后面这位到底是不是自己每天都见得到的那位能呼风唤雨的领导。可是司机很快就抑制住了自己。

司机稳稳心绪,很平静地说,您说去哪儿,咱就去哪儿。司机说的时候,咬字清晰,发音标准,嘴角甚至挤出一点点的微笑。

可领导似乎有点慌乱,仍重复地问了一句,到底去哪里好呢?

司机的内心陡然升起一股悲凉来,司机很想哭。

但司机没有哭,他只是扶着方向盘拐了个弯,绕到一个岔道上。司机没有回头,司机轻轻说,这条路向前再走五百里有座山,山上有座庙。

领导没吱声,但司机从后视镜里看到领导点了点头。

司机的眼泪突然掉了下来,司机想怎么都这样啊。

亲爱的坦尼尔

生活爱开玩笑,但命运只垂青坚持到底的人。有些事可能说不清楚,其实也无须去说清楚,看着,爱着,

第三辑　透过开满鲜花的月亮

就好。

梅斯导演这次是真的发怒了。

他的食指在微微颤抖着，极力抑制着自己将要失控的情绪，致使他的神情看上去仍像以前那样淡定，只是一下紧接一下地叩击着桌面冲卡尔微笑。他说，我说帅小伙，我真搞不懂你英俊的模样到底是如何长出来的，难道它们从来也不做任何思考和选择么？从来不替除了你之外的人考虑么？还有，你的脑袋里面装的到底都是些什么？别的先不说，单就推算成本来说，你可真是一个不让人省心的编剧。

即便隔着玻璃门，丽莎也清晰地看到卡尔的脸涨得通红。卡尔正昂首挺胸地冲着梅斯导演辩解着什么。他总是这样，即便是去见上司，也完全不知道低调。有好几次丽莎都恨不得冲上前摁下他高贵的头。也正是因为如此，丽莎才一直迟迟犹豫着要不要接受卡尔的求婚。收回目光的丽莎轻叹了口气，端起杯子看看，咖啡早已经凉透了。放下杯子，丽莎迅速在心里做了一个决定。

父亲的袜子厂关门大吉后，家里就只有靠丽莎那点微薄的收入维持生计，每天清晨做弥撒时，丽莎都不敢再听到母亲念念不绝的祷告。其实丽莎也在心里暗暗祈祷，希望自己能安渡难关早日拿出新的剧本来。这才是丽莎目前迫切需要的。

卡尔还没从梅斯导演的办公室出来，倒是文秘吉尔小姐迈着轻快的步子飘过，不用回头，丽莎也知道她端进去的是杯咖啡，正宗的蓝山咖啡那种。那价格和浓郁

风吹过

的味道向来是梅斯导演的专属。天啊，扭过头的丽莎差点惊叫起来，卡尔他竟然大模大样地坐在了梅斯导演办公桌对面的转椅上在来回晃动，丽莎紧张的一颗心都要跳出来了。

察觉到丽莎的目光，卡尔竟然冲着丽莎挤了个鬼脸。丽莎赶紧把目光瞥向窗外。老实说，丽莎的心情糟透了，她一点也笑不出来。丽莎目前在影视公司的地位岌岌可危，主要是丽莎的剧本创作目前遭遇到了瓶颈。根据公司规定，一个月拿不出新剧本的在职人员，会直接由先前的上岗自动转化为待岗。超过三个月待岗依然没有剧本问世，或写出的剧本不被看好，就会直接下岗。丽莎已经待岗了两个月，而丽莎原本打算委以终身的男朋友卡尔，看上去显然也并不可靠。

卡尔送给梅斯导演的剧本丽莎当然早就看过。遗憾的是丽莎并不看好。

昨天晚上丽莎和卡尔争吵也是因为这个。

丽莎在离去时冲着卡尔说，你醒醒吧，你一定要明白，作为编剧，我们其实不能由着我们自己的个性来创作，有时我们必须要学会顺应下导演的口味。至于观众，交给导演去搞定好了。我们不是制片方，我只对导演负责。因为你要知道如果剧本过不了导演这一关，就不可能再会有机会和观众见面的！

可卡尔却举举手里的酒杯冲着丽莎笑，说亲爱的，我看你一定是太紧张了。我可是一直相信自己的实力的，这次请你为了我祝福吧！

蓝山咖啡的味道真不错！卡尔走过来，冲着丽莎大

第三辑 透过开满鲜花的月亮

声说,我们去喝一杯如何?一把抓住丽莎的胳膊,完全不顾是在公司,不顾四周投过来的目光。

恼羞成怒的丽莎使劲挣脱开卡尔的手嘟囔,谁答应要和你一起出去了?即便是你要离开,我还要继续下去的。可被甩开的卡尔,居然抱着自己的双臂冲丽莎微笑,说亲爱的,你发火的样子真的是好看极了。

丽莎咬咬牙下定决心说,即便是我和你分手,即便是你的作品不被导演看好,但你一定要记住任何时候都不能自暴自弃,我是说你不如根据导演的授意再做修改……

可卡尔却猛然弯腰在丽莎的脸上亲了一下说,说什么呢,亲爱的,剧本已经通过了!不被你看好的那个群体哄抢情节,虽然群众演员比较多,但为了增加真实效果,在我的一再坚持下也顺利通过。还有,那个坦尼尔妹妹你不是一直很喜欢吗?说读到时像读到自己。哈,对,没错那原本就是为你量身订造的么!

而我们的导演也说通过对你的观察,你将是饰演坦尼尔的不二人选。

哈,哭什么嘛!亲爱的坦尼尔。

呼唤黎紫书

如果你经过一栋楼,看见前面一堆人在喊,你会想到什么?其实某些人行为的意义落在另一些人的眼中,就有可能变得费解,甚至引起猜疑。诸事莫不如此。

风吹过

刚拐进小区就看到楼下那对母女了。

在楼下的绿化带边上。小区很美，小区很大。小区是高档住宅区。绿化带另一头的法国梧桐下，有几个脑袋已经凑到了一起，在窃窃私语着。

很明显这对母女不在小区居住。没有那种趾高气扬的傲气和冷漠。半蹲的母亲满脸拘谨，正在给女儿系鞋带来着，系好后又仔细地整理了下那蝴蝶结。

现在，母女俩瞅着翩翩欲飞的蝴蝶结笑了。似乎是系鞋带给了某种力量和暗示，现在她们一起仰起头来齐声冲着楼上喊：黎紫书！黎紫书！母亲每喊一句，脸就绯红一次，现在更像熟透的红苹果。她的声音柔和温润的像要渗出水来，虽然低沉，但很有穿透力。女儿则无所顾忌蹦着跳着，喊得又急又快，像爆豆子。

有个牵着狗狗的老人停下好奇的脚步，注视着这对母女的举动。母亲还很年轻，三十来岁的模样，很随意地穿着，像街上随便就可以见到的女孩那样，水磨蓝牛仔裤搭配一件白袖T恤。女儿身上那件淡粉色公主裙短了些，反倒映衬的更加乖巧可爱。是由于天热的缘故吧，女儿喊一声，就会伸出粉红色的小舌头舔舔自己的嘴唇。近了，才发现女儿的嘴唇有些干裂，也发现母亲那略带稚气的脸上透着些疲惫。

她不像是孩子的母亲！人群中有人这样说。

也许是个姐姐呢。有个中年人笑笑，脱口说。

长得蛮不错，五官有点像章子怡呢，有个戴着墨镜嚼着口香糖的女孩慢慢地嚼着口香糖，漫不经心地说，可惜皮肤看上去稍微粗了点，黑了点儿。

第三辑　透过开满鲜花的月亮

呀，不会是个小三被甩了，带着孩子找上门来找收留的吧……有个中年妇女说了半截，很快又讪讪地笑着闭了嘴。

被围挤在人群中听着，我觉得很好笑，并且从心底里瞧不起这些看热闹的家伙。人家喊人家的，管你们什么鸟事？还个个议论个没完没了了！

哈，黎紫书那小子又惹事了！我就说嘛，安生不了几天的，上个月弄大一个女孩的肚子那事摆平了，这个月倒好，牵着孩子上门了，看怎么收场！

不是！绝不是他！有个看上去颇具文艺范的中年男子说，黎紫书我认识的，是个女作家，写小说的。好像是马来籍华人。现在居住在英国，对了，她曾写过一篇小说叫《呼喊卡尔维诺的人》你们读过吗？还有卡尔维诺你们认识不？

摇头晃脑的中年人有些迫不及待，让人厌烦。看没人应声，中年男人似乎有一点点伤感，连连摇着手里的折扇说，怪不得你们不认识呢，现在这社会……看书的人是越来越少了！

起风了，有云漫过来，铺天盖地的。要下雨了，不知谁说了声，人群开始松散。有个牵着小男孩的爷爷唆使自己的孙子（看样子是吧）把一把淡蓝色的折叠伞递过去。

母亲冲着小男孩摆摆手，笑笑，又扭头对女儿说，咱回去吧？

你们一定是忘带钥匙了吧？有个拎着菜的老奶奶同情地嚷着说，这样喊是听不到的，楼那么高，玻璃都还

风吹过

是双层的……

而那对母女已经转过了身，女儿踮着脚尖，很小声地问，妈妈，我们为什么要呼喊黎紫书呢？母亲弯腰亲了女儿一下笑笑说，不然下次我们就呼喊言小语好了！

才不要，女儿嗤嗤地笑，不许！不许叫我的名字！

看人们都散了，我准备掏出手机给黎紫书打个电话，告诉她今天这件好笑的事。可我摸来摸去急出了一身冷汗，天啊，我的手机呢？

……不对，还有我的钱包！

呼唤黎紫书的人

盲从是一种群体的无意识。它就发生在我们的生活中而不被我们所发觉。盲从有的时候已经不是缺乏思考，而是成了一种下意识的习惯。

黎——紫书——黎紫书——

还没走近，就听到楼下那稀稀落落的呼喊了。人确实不少，围成半圆仰着头，盯着楼上亮着灯的某个窗户。我习惯性地跟着仰头，楼上那个窗户果然黑着灯。皱皱眉头，我的耳朵突然从一波赛过一波的声浪中搜寻到一个稚气的童音。近了，原来是个头上扎着蝴蝶结的小女孩，正兴奋地拽着母亲的袖子，一蹦一跳的。

是不是该带孩子去休息了，我凑过去，很小心地提醒。母亲抬起头狠狠瞪了我一眼，将孩子使劲拉进自己

第三辑　透过开满鲜花的月亮

的怀里。

你们认识黎紫书么？我笑笑摊开双手，说我的意思是说黎紫书究竟长什么样？是男是女？人群显然被我的话问住了，面面相觑起来。

感受到不友好的氛围，我堆起笑脸佯装开心地冲着一个眼镜男说，那么是谁要找黎紫书？眼镜男的目光忽闪一下就跳到紧挨着的波浪头脸上，波浪头尴尬左右瞧瞧，突然冲着我呵呵地笑了，说谁知道呢，我下班回来看他们在这里喊，于是就加入进来了。

你认识黎紫书吗？剪着齐耳短发中学生模样的女子拔掉耳机问道。

我摇摇头，笑了。说我只认识小白鼠，小仓鼠和紫菜包饭。

哈，大家都笑了。一个戴着耳钉的小青年微笑着挤过来，朝我伸出双手拥抱了我，邀请我加入他们。看我点头，小青年红涨着脸笑了。现在，小伙子蹿到人群前面，像乐队指挥那样伸开双手，将喧闹压下去说，声音还不够齐整，呼喊的时候我建议大家最好能协调一些，跟着身边人的声音齐整一些好。

一二三——

在小伙子的带动下，这次声控灯全亮了。

大概是看到这么好的成绩，小伙子还没来得及指挥第二波声浪就发了出去，声控灯来不及熄灭，又被新的一茬呼喊惊醒。有脑袋从窗口探出来朝下看，一个赤膊汉子朝着窗外气势汹汹地吼了句什么，看那阵势似乎恨不得能从窗口跳下来灭了楼下这帮人——这其实怪不得

风吹过

人家，也许刚刚入梦就被吵醒了。那些缩回去的脑袋虽然嘴上没有骂，不定在心里骂了多少遍呢。单是那带着气关上窗户的声音就可以感受到。

谁是黎紫书？拎着马扎的大爷站住身子突然朝我发问。

看我发愣，大爷跟着也摇头，嘴里很不以为然地说，刚才有个自称是教书的说认识黎紫书，说是写书的，现在谁还看书！谁知道这帮人究竟闹什么！要闹到什么时候，也许，根本就没有叫黎紫书的人。

为什么找黎紫书？我没按捺住蹿得越来越高的好奇心。

嗤……大爷笑了，迈着小步一步三摇说，为什么？为什么要为什么？不过还能为什么？不是情就是钱，世上能闹腾来闹腾去的也就这点事！

我突然对大爷生出无比的崇拜。但我还是追上去说出了自己的疑惑，大爷，也许黎紫书根本不认识他们呢。干吗要认识？大爷说着突然凑过来仔细打量我的脸。

我不好意思地将帽檐朝下拉了下说，感冒了这几天！

大爷警惕地问，你不是这小区的住户吧？看样子不像！

怎么不像，我涨红着脸解释，为了使大爷相信，我信誓旦旦地报出了自己的楼栋和单元门牌号。没想到大爷更怀疑了，他站住身子瞪大眼睛说，不可能，我就住在那栋楼的XX室，也就是你说的对面，我怎么从来没有见过你？

▶ 第三辑 透过开满鲜花的月亮

这下轮到我无语了,我突然发现自己埋头创作太久了。

憋着一肚子的郁闷,我加入到他们的队伍里可着劲儿喊了很久,直到队伍开始松散,后来只剩下我和那对母女。现在……你们还不困么?我无比愉悦地问。

困得要死了。母亲说着,打了长长的呵欠抱起女儿走了。

感谢黎紫书,写下这些文字时,我突然这么想。

透过开满鲜花的月亮

在追求幸福的路上,有的时候却反而离幸福越来越远。到底是幸福本来就难以追寻,还是说幸福并不在眼前而在身后?

淳子要回了工程款,这次回来一进门就甩给秀梅五万块。

秀梅躲在屋里还没数完,只听得咳咳两声,村支书就到家里来了。

没想到村支书竟是来借钱的。看淳子赔着笑,递着烟,秀梅也不知哪来的勇气,竟然硬生生地说,不借!村支书听了哈哈大笑,淳子赶紧拦截住秀梅的话,说玩笑哩,玩笑哩,支书你亲自张口咋能不借?

可没想到秀梅却执意不肯,不但不肯,还当场身子一扭直接进了里间再不出来。支书觉得尴尬,哼哈两声

风吹过

起身离开了。

夜里,面对着淳子的灼热,秀梅只恨自己燃烧不起来。

淳子不依不饶地缠住秀梅问,想我没?这么久不在家。

秀梅心一颤,眼泪哗哗就流了出来。

她恨自己要面子、胆小,同时又怨自己的爹娘心狠,给淳子提出那么多条件,淳子为了娶自己,只好借钱拿彩礼,盖新房,才欠下这一屁股的债。致使俩人结婚没几天就要跟着建筑队进城捞金。虽说淳子在建筑队能挣不少钱,但对于新婚没多久的秀梅来说,没有什么能比上夫妻两人在一起更重要的了。

思来想去,一些话就被秀梅咽在肚子里。人前人后,秀梅还是以前的那个秀梅,年轻漂亮,从大王庄嫁过来不足一年的新媳妇。唯一的变化是秀梅走在路上,总是低着头急匆匆的,不像以前那样笑眯眯地爱打招呼了。

林嫂子有次和秀梅赶集,路上遇到开着三轮车的村支书,村支书停下说要捎俩人一程,林嫂子人都跳上去了,秀梅却没听见似的只顾低着头急急朝前走。急得林嫂子站在车篓子里喊,咋不坐?坐上多快!秀梅竟撅镢头似的大声说,爱坐你坐,我走得自在!

惹得村支书哈哈大笑,说淳子家这小媳妇有意思!

在小王庄要数淳子家的楼房最高,最漂亮。

楼顶搭了琉璃瓦,外墙贴了红瓷砖。房前栽种的有梨还有桃。春天桃花落了梨花开,一树清香一树春,惹得过路的纷纷侧目仰羡。院子里铺了水泥,即便是下再

第三辑　透过开满鲜花的月亮

大的雨，踩上去也是清清爽爽不沾半点泥星子。

若是跟着推开门，更叫你瞠目。单是那漂亮的木地板都叫你怀疑走错了地方。客厅的真皮沙发，沙发前面的液晶电视，映着电视的玻璃茶几……当初结婚时，秀梅家那边来的亲戚那个不瞪大眼睛夸赞有加！

淳子年轻有干劲，婚后第二个月就跟着建筑队的一帮人马天天在合肥城忙活，盖了肥西盖肥东，肥河两岸林立的高楼有很多都是淳子他们那拨人承包承建的。

秀梅有福，秀梅结婚头个月就怀上了。淳子心里高兴，跟着出去扒拉钱也有劲儿。淳子走后，家里就只剩秀梅和腿有残疾的公公在家。

公公白天会过来吃顿午饭，但更多时候都是自己在老宅里煮碗粥自己打发自己。偌大的院子成了庄子里的一帮大娘大嫂们的聚集地。搬个小马扎或干脆坐在石板条上，你一句我一句的说东说西。每当此时，夸赞秀梅家房子和夫婿的话就一串一串的，像铃铛，像辣椒，火辣辣的让秀梅的心里颤颤地美。

夜里，睡不着的秀梅就拿自己和庄子里守家的女人一个个比较，比来比去，就比出了许多幸福和甜蜜，所以人前，秀梅的脸上常常是灿然无比。

秀梅家房后不远是个大池塘，盖房时淳子动了点心思，将水塘的水直接引到了自家的屋后，厨房后门搭了个大石板，秀梅踩在上面洗洗涮涮方便得很。

夏天的午后燥热，睡醒的秀梅总爱坐在塘边浸浸脚丫子。可谁知那天秀梅刚把脚丫浸到水里就被一双大手捉住了，"哎呀"一声整个人被拽到了水塘里。扑腾了

风吹过

一阵后，秀梅总算看清了眼前的人——

竟是村支书李大成！

摸一把脸上的水，秀梅又羞又臊地颤声问，你想咋？你想咋？

李大成却扑哧笑了，说你再大点声……

……

月光跳进屋子时，淳子突然翻身坐了起来。淳子给自己点上一支烟后，问秀梅，村支书来借钱那事你说咱到底借不借？

秀梅沉默了许久，说，你不都同意了么。

慢慢地，都会长大

成长其实是相互的。不管是20岁出头的年轻人，还是10岁左右的小娃娃，其实都还只是孩子。他们在相互的碰撞中共同成长。

在元庄小学当代课老师那年，我已经十七岁了。

年后，二年级的一个语文教师随自己的丈夫去县里开店卖服装了，学校一时没找来合适的人替代。校长在那个下午直接找到我父亲谈了此事，说希望赋闲在家的我能去顶一阵儿。我父亲听了大喜过望，看都不看我直接就给应承了。

校长和我家是近门，没出五服，我父亲管他叫叔，按理我该叫他爷。可我那时不知哪根筋别了劲儿，觉得

第三辑　透过开满鲜花的月亮

去教学是一件很丢人的事情，死活不想去，气得父亲抡起的巴掌差点落到身上。最后还是在母亲泪眼汪汪的劝说下，极不情愿地点了头。

人是去了，但在学校根本没用心去教。尤其看到那些顽皮的孩子们，一会你推我一下，一会儿我又揉你一下，一会儿这个告那个状，一会那个为一块烂橡皮哭了鼻子。刚开始还有点耐心会劝说几句，批评几句什么的管一管他们。久了，烦了，再遇到孩子们打闹时，我干脆就虎着脸直接揪着他们的耳朵或拉着胳膊，给拎到教室外面去罚站。我以为只要自己凶点，镇住他们就好了，谁知这招对胆小怕事的同学管用，对于班上的几个调皮捣蛋的男同学来说，不但没起到镇压的作用，反而反弹了。

有一次，刚把他们几个赶出教室准备上课，却发现班上的同学都扭头朝窗口看。原来罚站的男孩竟然趴在窗口探着头吐舌头做鬼脸，这可把我气坏了，就想疾步出去再教训一番。可谁知我只顾着朝外走，忘记了讲台的高度，一脚踏空就崴住了脚。哎呀一声，羞得满脸通红的我想站起来，但试了几下仍是站不起来。那个时刻，我的眼泪不争气地涌出来在眼眶里打转，根本就忘了自己还是个老师。教室里静急了，同学们都默默地看着我。后来不知谁最先站了出来，接着大家蜂拥而上把我扶了起来，扶到了板凳上。在板凳上坐定，打眼望望，发现那个调皮捣蛋的孩子也正扶着我。他小小的黑漆漆的手轻轻拽着我的袖子，看上去就像瘦弱的鸡爪子。但更令我注意的是脸上那双黑白分明的眼睛的眼神，分明流露

风吹过

着怯怯的惊慌和泪影。注意到我的注意，他的眼神倏忽一下躲闪了过去，但随即又悄悄用余光打量着我。天知道那个时刻我怎么了，竟然毫无来由地冲着他翘起唇角微微笑了一下。他分明愣了一下，直直地望着我，似乎想在我这里寻找到更多的答案。迎着他的目光，我看他的眼神更肯定了些，他的脸突然红了，低下头沉默了一会，突然对我说，老师，对不起！

心一热，我就是从那时起开始喜欢上这些顽皮又纯真的孩子们的。

后来，我教的班级逐渐成了学校的模范班。就在我踌躇满志，准备在学校大干一番，奉献自己的青春时，在深圳电子厂打工的二姐打电话回来了，说她们厂里招人，说每月除去吃喝净落 2000 元没问题。这和我在学校每月领取 200 元的代课费简直是天壤之别。我父亲于是再次二话不说就替我同意了。

那次是突然离开的，连去学校打招呼都没来得及，父亲一味地催促，说一切他会搞定。

我常常想起那些孩子们，总觉得自己欠了他们什么。有时觉得人和人之间的平等就在于，教会他们东西的同时，其实我也收获了许多。

37° 爱情

爱情总要百分之百燃烧才好，但是总还有一种爱情，也许他温吞如水，但是却历久弥新。到底怎样的爱情才

▶ 第三辑　透过开满鲜花的月亮

算是好的爱情，谁又知道？

幸福是要退而求其次的！问题是，并不是所有的女人都懂。

像我，每天骑着摩托穿梭在这个城市的角角落落，专门拜访那些对于爱情充满着天真幻想的男男女女，看着或喜或悲或怒或嗔的一张张脸在我面前盛开或者衰败，久了不免感到彻底厌烦。似乎所谓的"爱情"就是那么回事儿，完全可以称斤论两。

告诉你——最"便宜"的爱情是在北四环玉泉营花卉市场上，0.8元一支。你花上一碗拉面的价格，就有机会捕获一个心浮气躁女孩子的芳心。至少在看到那一束怒放花朵的一刻，能让她暂时失神那么两三秒吧。如果是身处被朋友尤其是同事羡慕眼光的环绕中时，效力更为持久。但一切都比灰姑娘的水晶鞋质量更为不济，夜里十一点多的冷风吹来，先前的一切美好感受都立马在高楼大厦的街头化为泡影。绿灯闪烁为红灯，违章记录摄像头正对着你不停地眨眼。

送达，签收；公司，客户，租赁屋。有一段时间，我忙得都几乎忘了自己是男是女。直到老妈千里迢迢从祖国的另一边打来电话，喜滋滋地说什么不知从哪里蹦出来的"三舅妈"给我牵了一门亲事，小伙子人很不错，单位也好。

干脆把喋喋不休的手机塞到枕头下，我这才沮丧地发现，墙上镜子里那个平头小伙，说穿了终归还是个丫头。也许中性的打扮和开朗的性格有助于增加帅气，但

风吹过

是没有把我从这个问题里真正搭救出来的可能。

麻烦的地方还在于,"三舅妈"这个名字听着和我的生活格格不入。她嘴里的大好姻缘,估计也只是合她自己的老胃口。

闹铃每天都准时响起,我只好从满枕头的烦恼里立马摆脱出来。毕竟,生意是随时随刻随地都会来。

这话是我那位秃头老板总挂在嘴边的名训。他原本手下有六个兵,小伙都很精神。只是个个业务能力都太强,半年不到,连人带鲜花一起都送给了客户。眼看鲜花公司要变成月老公司,再加上因为这个被人砸了几次店面,那阵儿急得他嘴上只冒泡。

他后来也招过几个长相比较"安全"的,问题是"安全"到小姑娘在猫眼里瞅了又瞅,吓得不敢开门签收,严重的甚至报警,这生意可就没法做下去了。

不过还好有我。

老板说,你可千万不能辞职啊。

我伸出三根指头。

老板豪气地说,没问题,工资提三成!

我说,三倍。

噗!

砰!

老板因为头上出了个包,住院一个多月。

当然,我虽然朝他光头抡了一头盔,但他也不用赔我被咖啡弄脏的衣服了,彼此算是扯平。

不是老板能忍,而是人不好招,活儿不好做。

因为鲜花里也隐藏着阴谋诡计和不法之心。或者讲,

第三辑　透过开满鲜花的月亮

我们的生意就靠这个。

但问题在于，当着人家男朋友的面，递上另一个神秘男士送上的鲜花，或许还只是招致冷脸。当摁了门铃，对方的丈夫走出来，看着不知哪个混蛋献上来的殷勤，后果就不可而知了。在我应聘前，据说有个员工因此赚了五位数的医药费。听着似乎很诱人，但是再看看知情人表情里的那种惨不忍睹，就不免暗自惊心。

没办法。情感世界，尺海兴波。

其实干的时间长了，人也就麻木了。对一些事情也就见怪不怪，像故意往人家婚礼上送表白玫瑰都已经属于小"玩艺"了。还有一些无法理解的丑八怪，不知道是哪根神经错乱，签收时，非要你跪在地上，像求婚一样递给她。你最好的反应就是把花扔到她脸上，然后自己把单子签了回去交差。至于背后的暴跳如雷或者投诉电话里的乒乒乓乓，不要去管它。

因为有着这些"斑斑劣迹"，所以即便是三倍的薪水老板依然雇得起我。虽然每个月到头来东扣西扣的就剩薄薄的那么点儿。不过好在老板仗义，急用了可以预支，支的月份太多了还可以借。

有天老板惋惜地说，你这样下去可是真的要成老姑娘了。

我知道他的意思。

老板上个月才和那位从来没露过面的老板娘离了婚。这是人家的私事，作为一名整天疲于奔命的员工没有心情打听。老板其实人很好，超会过日子。每隔几天都会从附近的菜市场搞回来些卖相好还实惠的菜来，甚至总想分给我些。

面对着那一兜兜萝卜青菜我有点哭笑不得。不明白一件原本应该浪漫的事何以会变得如此实际。

也许是我们都看到了太多鲜花背后的浮漂，也许是所有的浪漫终归都会如此现实。

我不知道。但是为了处理那些下辈子也吃不完的菜，我意外结识了隔壁后来成为我先生的那位。很平凡，但是和蔼可亲。

一个秘密

其实夫妻之间总会磕磕绊绊打打闹闹，太相敬如宾，反而显得生分。只是这些道理并非人人都懂，即便懂了，有时候也会生烦。除非你真的找到一把打开内心纠结的钥匙。

时间久了，崔笑生发现了一个规律，每次和橙子吵架，输的一方总是自己。

这倒不是说橙子多么的伶牙俐齿，能将崔笑生伤得体无完肤，实际上学法律的崔笑生外表看起来寡言，但冷不丁来一句，却能句句见奇效，将人噎个半死。

但那又怎么样？崔笑生发现每次争吵的事后还要自己耐着性子去哄，去解释。

这么想着，崔笑生就有点沮丧。其实毫无疑问，崔笑生是很爱橙子的。所以，每次崔笑生很怕橙子大着嗓

第三辑 透过开满鲜花的月亮

门儿嚷嚷。总觉得只要一嚷嚷，自己就像被点燃的爆竹，也忍不住想跟着爆炸。结果俩人吵来吵去，最后思维就完全混乱了，控制不住的情况下谁知道会发生什么事情呢。正因为怀着这样忐忑的心态，每当橙子再说些什么的时候，崔笑生的心里就生出了警惕，脑子里不停思索，她为什么这么说，是何企图？到底自己该如何回答才是最完美的。可就在崔笑生思索的当儿，那边橙子已经怒火中烧了。

橙子说她越来越觉得自己地位的下降，崔笑生根本就不在意她。橙子说的时候是在一次吵架后，床头灯柔和的光照在橙子光洁的脸上，脸上满是泪珠，晶莹剔透的，两只眼睛红肿火红，整个人就像一只受了委屈的小兔子。崔笑生犹豫了片刻，还是探过身子低下头去吻，去表白，俩人再一次的冰释前嫌。

清晨醒来是个难得的好天气，阳光透过轻纱，撒了半床斑驳，崔笑生俯下身吻吻橙子脸上的光晕说，亲爱的，难得今儿这么好的天，不如我们出去走走？橙子温软地呢喃一声，很快积极响应，光着身子跳到柜子那里找衣服，然后到卫生间洗漱。崔笑生半倚在床上点燃一支烟，眯着眼睛望着自己美丽的妻子，这不足八十平的小天地又重新显得生机勃勃了。

要知道在这之前他们夫妻俩已经因为吵架怄气，彼此冷战了一个星期。一个星期虽然不长，但对吵架中的人却是难熬的，期间崔笑生曾数次苦想，到底是因为什么原因吵起来的，但想来想去全都记不起来了。所以那天夜里想来想去依然无果的情况下，崔笑生的手指就绕

风吹过

了过去。或许是因为内疚吧，当崔笑生的指尖在被窝里犹犹豫豫地探过来时，橙子没有躲避而是翻了个身，将自己身子放平做了个无声的暗示。后来？哈，后来俩人就和好如初了。

崔笑生发动车后问坐在副驾的橙子，去哪？橙子兴奋地说去周山，车走了二百米在刚拐过一个红绿灯路口时，橙子突然又说，算了，这季节周山除了树还是树也没什么可玩的，不如还是去洛浦吧。车子在驶进洛浦停车场后橙子有点失望，因为她明显感到崔笑生整个人变得冷硬了。为了试探，橙子故意说了句，早知道洛浦这边要整改规划就不来了。

这样简单的两句对话其实并没有什么，真的没什么。可俩人却你来我往地再次吵了起来。其实想想也是，哪对夫妻的吵架是为了什么才吵呢。在吵架时，男人会说女人是不讲理的，男人那时也风度尽失，根本就不像女人平常眼里的那个男人。

现在崔笑生就将车子停靠在路边，专心吵起架来。正当俩人吵得热闹时，橙子突然一拉车门就跳了下去，橙子在前面跑啊跑，崔笑生在后面使劲地追。眼看就要追上了，橙子的身子一飞就来开了距离。不远处是西苑大桥。桥上车来车往，桥下激流勇进。望着越来越远的橙子，崔笑生的心一点点沉了下去。沉下去，痛楚就生了出来，崔笑生大叫一声醒了过来。床上的橙子探着半拉身子问，怎么啦？做什么梦了么？

崔笑生没作声，只是紧紧抱住了橙子。橙子说今天阳光很好，不如我们出去走走？许久后，崔笑生点头。

第三辑　透过开满鲜花的月亮

俩人开始起床收拾。

他们那天去了周山又去了洛浦，那天玩得很开心，俩人没有吵架。

后来也没。

掩　埋

人生最大的噩梦，就是你保留了一个不能说的秘密。就像是从此后把自己给掩埋了起来，备受煎熬的感觉像毒蛇一样啃咬着你的意识，让你的内心千疮百孔，而又无法喊出半声疼痛。

旧轮胎家里多得很，父亲很快就换了上去。

泥塘小路那边开着滚了几趟，便再也没有分别了。他们照样去沙河镇那边拉沙，拉碎石子送到预制板厂去。即便是农忙的活计再多，父亲也不允许停下来。

一切都和以前一样，他们很早起来出车，很晚才归巢。

一天天的煎熬中，半年的时间过去了。尽管心一直悬着，但并没有什么人找上门来。

一切都顺风顺水的，还是赚那些钱，还是抽那个牌子的烟，还是每天跑那条路线。路两边的大杨树遮天蔽日的从这里通向远方。车窗外幽静凉爽，根本看不出曾发生过什么。

风吹过

有时，他自己也暗暗怀疑。他想也许真的什么都没发生。

但他还是厌倦了司机这个行业。

他说想在红石镇上租个水果摊，改行卖水果。父亲竟欣然同意。

消息透出去，没几天买二手车的人便寻上门来，几番相看交谈后，价格也给得满意。

他载着买车人去交管所办理最后的车辆交易手续。

车子在下红石桥那个大陡坡时，他突然发现刹车无论如何都不听使唤了，惊慌失措之下他的方寸大乱，竟然错踩油门直直地冲了下去……

"轰"的一巨响声，他想这下完了！身子一震便昏了过去。等睁开眼时，一张沧桑的老脸盖在眼前，死鱼一样的白眼珠子正死死盯着他看！他惊叫一声，再次昏了过去。

再醒过来，他人躺在医院的床上。父亲告诉他只是车子毁了，他人并无大碍。

他也见到了救他的那个老人，只是一眼，他便再没有勇气望过去。

佝偻的背，死鱼一样的眼神，让他的脊背倒抽阵阵凉气！

其实那天那事他做得很干净。

"砰"的一声异响，他惊醒过来刹住车。父亲就立马跳下车查看了。犹豫了一下，他也紧跟着下来。

眼前的一幕让他的腿脚发软发酸发麻。

果然出事了！是个老人，身体已经变了形。一对浑浊的眼珠子，死鱼一样正紧紧盯着父亲的脸，嘴巴还在一张一合的。尽管没有声音，他也读出那老人是在说，救我！快救救我！

他想都没想就颤抖着冲上前去弯下腰。他想尽快把老人抱起来送医院去。但父亲一把将他推了个趔趄，并朝他粗暴地吼：滚！——滚上车去！

他含着泪看着，退着，后来人就坐到了车上。后来，父亲也拉开车门上来了。

车子飞出去那刻，他的眼泪掉了下来。他咬着牙向前开着，开着。没回头。

他没问，一直没。

整个下午

平生不做亏心事不怕半夜鬼敲门，但是这大白天的，一通不明不白的电话，却让人心里不断打鼓。

廖主任看看到了午饭时间，正准备下班，里屋办公桌上的电话就丁零零地响了。

"谁呀……这个时间……"廖主任很不情愿地赶回房间拿起话筒："喂……"

"小廖吗？你下午上班后找个时间过来一下！"电话里所长声音威严，未等得及廖主任说话，话筒便"啪嚓"一声就挂掉了。

风吹过

"嘟嘟嘟"电话兀自地响着。

廖主任脸上还未展开的笑僵在脸上,寻思:所长这是咋了?

廖主任悻悻地挂掉电话,脑子里快速运转:所长找我什么事?怎么听声音不对劲?以前找我很热情啊?难道……心里想着,额头渗出了一层细密的汗。

廖主任马上拨通了下属刘主任的电话:"老刘,那天的事情你没对任何人说吧?"

"廖主任您放心!我不会对任何人说的,也感谢您这次给我们公司的机会,这样吧,您找个时间咱们一起喝一杯!"刘主任信誓旦旦。

刘主任有家装修公司,在这次新区办公大楼的装修竞标中幸运中标,夺得了装修权。其实只有刘主任知道他是拿钱砸出来的,他拿钱叫上几个人陪廖主任打麻将,最后好几万都在麻将桌上"输"给廖主任。

那会是谁呢?挂掉刘主任的电话后,廖主任马上把电话打给自己的外甥彪子。彪子在建材市场卖建材,这次新区办公室装修,用了彪子一部分货。当然,彪子也没让自己的舅舅亏着。

"彪子,你是我外甥这件事没告诉外人吧?"

"没!咋能呢!我当然最听您的话了!"彪子急忙表白。

"那批建材质量看上去不怎么样啊!"

"放心,舅舅,好着哩,保管不会出任何问题!"彪子停顿了下说,"舅舅,下个星期芳芳十二岁生日咱办个宴会吧,地点我都联系好了,在新友谊。费用舅

第三辑 透过开满鲜花的月亮

舅就不用操心了,算是我做哥哥的对自家妹妹的一点心意!"

"你看着办吧,不要太过张扬就行。"廖主任回答得很巧妙。芳芳是廖主任的宝贝女儿,更是廖主任的心头肉。

放下电话,廖主任的心终于放松下来,近段时间没有别的什么事情呢。他端起茶杯正要喝,突然看到了桌子上的一盒月饼,看到月饼,头上的汗不由"刷"地一下涌了出来,脸色也变得苍白。

怎么忘了这件事……廖主任突然想起前半个月前,所长让他出面去联系卖月饼的厂家,过节要给职工发月饼。他联系了,最终以最高的价钱买了质量一般的月饼,中间的差价自己一个人独吞了,还拿了月饼厂家一笔不菲的回扣。当时,也曾犹豫忐忑过,后来随着时间就慢慢淡忘了,何况月饼一个星期前就发到了职工手中,难道是月饼出了问题?

廖主任急急关上办公室的门,拨通月饼商家的电话:"你们能保证这次卖给我的月饼没有任何质量问题吗?出了事情谁负责?"义正词严的廖主任此时就像一位法官。

"不会,你放心!绝不会对人体有伤害,是用冬瓜做的馅料,冬瓜,知道吧?冬瓜怎么会对人体有害呢……"

"好了,挂了,再联系!"廖主任不耐烦地挂了电话。

看看时间快下午两点了,还没弄清楚怎么回事,廖主任揉着太阳穴继续觅思苦想……一阵死了都要爱的音

风吹过

乐陡然响起，把廖主任吓了一大跳。拿起手机，屏幕上闪烁的正是所长的号码。略未整顿下思绪，廖主任眉开眼笑地对着电话点头："哈，所长，我就准备过去呢，怕您不会来这么早，所以……"

"办公室电话咋一直占线？你不用过来了，去，直接去丹尼斯联系一下，整些购物券，回来给职工发过节费！"所长的声音威严依旧。

"好！好！我现在就去。"终于摸清了所长的意图，廖主任长长地舒了一口气。

遗 忘

一个人的容量总是有限的，也许是年龄吧，也许是近来事情太多，或者是粗心，总有那么一两件事忘了。事儿忘了是小，乱了其中的关联则大。所谓成也此，乱也此。

王福海发现结婚证不见了，心中顿时萌动起一阵慌乱。其实王福海并不在意结婚证丢没丢，他在意的是同结婚证放在一起的五千元钱。五千元对于别人可能不算什么，但是对于王福海就不一样了，这是他一点点积攒起来的私房钱。

王福海先是默不作声地在家里翻箱倒柜，一无所获后，便把怀疑的目光投向了妻子。可是怎么开口呢？这毕竟是藏私房钱，可是总该弄个明白吧。

第三辑　透过开满鲜花的月亮

几番思量后,在一个深夜,王福海对妻子极尽缠绵后,趁妻子陶醉其间,开口轻笑:"老婆,你见到我夹在结婚证里的钱了吗?那钱我可是有用处的!"

老婆白了他一眼:"不是送给你们主任了吗?他不是已经把你从车间调到了办公室!"

王福海脑子"轰"地一下,是的,是送给主任了,捎带着还送了两瓶杜康,钱就装在酒盒子里……可是自己怎么就给忘了呢?

妻子说:"你待在办公室整天对着电脑一定是辐射太大,你要调整工作状态!"王福海感动地点点头使劲搂住了妻子。

一天正在办公室无所事事端着茶杯喝茶的王福海接到部长电话,让他去学校帮忙接孩子。部长家的孩子王福海见过无数次,学校他也去过。

站在学校门口,远远看到部长家那个高高胖胖的儿子,王福海做出一脸和蔼可亲的笑容,迎上去拉住他的小胖手。孩子脖子上挂的一个物件引起他的注意,仔细一看这不是自己一直珍藏的猴子献桃吗?怎么会挂在他的脖子上?王福海没有贸然相问,而是绞尽脑汁地回忆,可还是没丝毫印象。

回到家翻来覆去难以入睡,熬到半夜终于忍耐不住拉着妻子盘问:"爹留下的玉挂呢?"妻子不满意地翻个身,丢给王福海一个脊背:"送给你们部长了,还有变形金刚,惹得宝儿哭了好几天!"

一道亮光闪过,王福海终于想起来了:前一段部长的儿子生日,他买了整套的机器人,还回家捎了这块玉

风吹过

挂,说是图个吉意。儿子宝儿以为变形金刚是买给自己的,一路欢呼追到家去拆那包装,却被自己狠狠地打了两巴掌:"上千元的东西你以为是买给你的?"妻子为此一个礼拜没理自己。

我怎么总是会遗忘这些呢?坐在办公室里王福海使劲地想:以前在车间做检验员的时候我的记忆可是超好的,成千上万的数据、资料只要过了我的脑子都会毫无列外地保存下来。刚进办公室时坐在电脑前,虽然每天也累得腰酸背痛,但至少还很充实,脑子也基本够用。可是现在呢?

一个女人微笑着朝王福海走来,一屁股坐在他的腿上。王福海惊惧地站起来:"你……你要干什么?"

那女人悻悻地站起身,红着脸撒娇:"王主任……您今天怎么啦?我是小丽呀!"

王福海瘫倒在老板椅上,脑子陷入一片混乱……

钓　鱼

钓鱼者也必有人钓之。究竟谁是渔翁?谁是鱼?有时候哪里一眼就能看穿。自以为是渔翁的人,不料想却成了别人的钩上鱼。

王局喜欢吃鱼,这是局里上上下下公开的秘密,无论谁请王局吃饭都要点上几道鱼做的菜。看着王局大快

第三辑 透过开满鲜花的月亮

朵颐，吃得满嘴流油，请的人兴高采烈，要办的事情就成了一半。

王局长还喜欢钓鱼，且曾是个钓鱼高手。这就是压在王局心里的秘密了。

王局没升任王局之前是民政局的一名干事，当时就是个钓鱼迷。王局长总会拿些战利品让女儿给当时同住一院的张局家里送，当时最肥最美的鱼王干事自己家里是不吃的，也曾经很多次没钓到大鱼，王干事不得买其他钓友的鱼来送给张局家。王干事当时是没有别的想法的，只是觉得能让张局吃到自己钓的鱼是自己很大的荣幸。

王干事由于没有想法也从不担心别人说什么。再加上他有个女儿和张局的女儿差不多大，两个人是好朋友，女儿进出张局长家很方便，为王干事送鱼的持续性提供了不少便利。

后来张局长从县城调回市里当上了市政协主席，就把王干事提为局长。升职后的王局很久没有摸钓鱼竿了，内心很是痒痒。昨天司机小李一提出："周末咱去钓鱼吧！"王局的精神一下子就抖擞起来了。

车行驶到中途，王局才想起自己忘了带鱼竿了，急忙让小李掉头。小李看看王局无声地笑了："放心吧，王局，鱼竿我早给您备好了。在后备厢里呢。"

"哦……"王局答应着把目光投向了窗外。天高气爽，正是钓鱼的好时节，扣马地处黄河南岸湿地，有不少人工饲养的鱼塘。王局也知道小李有个姐姐家在扣马经营着一个鱼塘，这几年小李就没让王局家里断过鱼，当然王局也没亏着小李，明里私下为小李办了不少实事。

风吹过

"是个精明能干的小伙啊!"摸着手中价格不菲的钓竿,看着小李的身影,王局在内心感叹,这种钓竿买的话至少要上千块,外行人是不懂这些道道的。幸好没带自己的钓竿,那种八十元钱的旧货早过期了。

来钓鱼的人不多,环境幽雅又安静,王局坐在柳树下支开杆子,咬钩的鱼一条接一条。这让很久没摸鱼竿的王局乐得合不拢嘴。

中午小李安排吃烤鱼,就在鱼塘边的柳树下。吹着风,吃着自己烤出来的鱼,喝着小李姐姐自己酿造的葡萄酒,那叫一个鲜美。席间,王局长兴致高涨地说:"下个星期咱还来,叫上你嫂子,再叫上刘秘书……到时人多了会更热闹些!"

小李看着王局欲言又止:"好是好,只是姐姐的鱼塘承包期到了,将要被村里收回去了。"

"收回去?谁收?"

"管鱼塘的是乡里高主任的外甥。"

"他呀……"王局突然咳咳起来,原来一根鱼刺卡在了嗓子眼,咳了好久终于咳出来,带出一口血沫子。

"高主任么,认识!回头我给他打电话。"王局哑着嗓子灌下一大口酒。

"王局,您真是痛快!今后咱干脆一个星期来一次,多叫些人热闹!"小李举起杯笑了。

第三辑　透过开满鲜花的月亮

新邻居

孤独有的时候是一种病。这种病无良药可医，因为那是一种站在人群中仍然感到孤单的感觉。

新搬来的是个女人。

确定了这个想法后，老赵很兴奋。只有女人才不怕浪费水，爱干净，天天洗澡。老赵在心里无数次设想了如何和新邻居搭话的步骤。他甚至因此专门买了剃须刀，刮了胡子。可是新邻居似乎很忙，老赵每次走到门口，迎接他的总是那把冰凉的大锁。

是个勤快人呢，这么想着，老赵的心里就开始描绘房间内的布局。洁净的地板，整齐的床铺上铺着干净的蓝方格子床单。

是的，只要想到房间，老赵总会想起那些叠得方方正正的被子，和蓝方格子床单。那床单，老赵见过一次。那次他去城里捡饮料瓶，在一个小区里站立了好久。他其实是在看那个飘扬在阳光下的蓝方格子床单。床单随着风悠然地飞扬着，送来一阵阵好闻的味道，老赵吸吸鼻子，缓缓闭上了眼。

床单的主人该是个女人吧。老赵在心里断定，一定是。

现在，老赵就把新邻居和床单的女人想象成一个人。应该很耐看，爱笑，露出两颗尖尖的虎牙。还有，腰上

风吹过

一定系着蓝围裙。蓝围裙老赵家里就有一条,是多年前自己女人留下的。

那时,女人天天把蓝围裙系在腰上,在门口向过路的卡车司机兜售自己烙的葱油饼,女人烙的葱油饼很好吃。卖不完的葱油饼就着一碗白开水就是老赵最满意的晚餐。老赵甚至以为女人会给自己烙一辈子葱油饼,可是,有一天,女人突然解下围裙跟着一个过路的卡车司机跑了。新搬来的邻居会烙葱油饼吗?老赵心里想着,忍不住朝那把冰凉的大锁望望。

新邻居究竟是什么时间搬来的,老赵记得并不是很清楚。老赵每天也很忙,他白天到城里捡捡废品,收集来的东西堆满了三轮车,老赵就拉到收购站卖掉。他是在一天晚上听到隔壁的动静才知道有了新邻居的。

原本,依照老赵的个性当天夜里就想去敲门说几句话。可是那天老赵很累,就没有起来。那天老赵走的路有点多,捡的废品也多,结果他的那辆破三轮车很不争气,扎了胎。没办法,老赵只好将三轮车推到收购站。以后有的是机会。心里这样想着,老赵就睡着了。

第二天,老赵起来赶过去,除了门前纷乱的脚印,新邻居的门已经落了锁。以后吧,以后有的是时间。这么想着老赵又开始了一天的忙碌。

老赵的棚户区被拆迁了,只好暂时住在这栋废弃的小楼。这栋小楼的围墙上写大大的拆字。老赵知道,要不了多久,这小楼也将不存在。关于拆迁,很多人都搞不懂,老赵也搞不懂。但是,老赵深深地知道一个道理,那就是只要活着就要靠自己的双手去找饭吃。这个道理

第三辑 透过开满鲜花的月亮

他是铭刻在心的。那次发烧，躺在小屋硬挺了三天，没去垃圾堆里扒拉，不就是饿了三天肚子吗。拆吧，反正拆了这个，还有别的废弃的小楼可以住。房子算什么？无非就是挡个风雨，遮点风寒嘛。这么想着，老赵就睡得踏实了。

凌晨时分，哗啦哗啦的水声再次将老赵从深深的睡眠中撩拨醒来。醒来的老赵感到浑身燥热，再也难以入梦。老赵突然决定趁着夜色，偷偷在门外看看新邻居。尽管老赵知道自己这么做很不道德，可是着了魔般的老赵还是忍不住去了。

他尽量将脚高高抬起，再慢慢落下，一步步接近目标。

现在，老赵就掩着怦怦慌跳的心站在这门口。那撩水的声音越来越清晰，哗啦哗啦冲击着老赵的耳膜。老赵感觉自己的心脏几乎要跳出来了。

老赵抬头望望，月亮很圆，很亮。明亮的月光下，门上那把大锁依然存在。老赵疑惑，止住脚步揉揉眼睛。没错，门上依然落着锁。但是门内的撩水声依然清晰。老赵打了个激灵后退一步，浑身起了一层细密的鸡皮疙瘩。见鬼了吗？这想法刚刚萌发，老赵就笑了。他蹿回房间找来一把斧头。

老赵不信邪，他要弄清楚房间内到底是何方神圣。手起斧落，锁"哗啦"一下掉在地上。

"吱呀"一声，老赵推开门，空荡荡的房间因为月光的泻入变得亮堂起来。顺着声音找去，废弃的洗碗池里蓄满了水，一只硕大的老鼠正埋在水池里，露出湿漉漉的脑袋，瞪着黑亮的眼珠子，惊恐地仰视着入侵者。

丫头上学

有些往事难以提及，有些往事无须回忆。过去的终究会过去，有些选择无须评判，是是非非早已随风而去。

老张一连几天都吃不香，睡不甜。

晚上躺在竹席上，老张思谋明天干脆去丫头的老舅那里看看吧。说不定，她老舅念在自己逝去的妹妹的份上会帮这次忙。

丫头不容易啊，辛辛苦苦地考上了大学，总不能因为借不来学费而毁了前程吧。这样叫老张如何对得起她逝去的妈。想起她妈，想起那个逝去的女人，老张的眼睛就有些湿润了，内心也有柔柔的东西涌出。那是个好女人呀，只可惜嫁了自己这般没用的东西，整日郁郁寡欢地将自己的心事埋于心中。最终疯了，在一个冬日失足落水，再也没有醒来。

其实老张也不容易，妻子走后老张背了一屁股的债，还要抚养不足两个月的女儿。为了女儿吃得好一点，他除了在建筑队打工，还利用闲时捡些破烂。一把鼻涕一把泪地把丫头拉扯大。别人家的孩子读书，丫头也读。别人家的不读了出去打工了，丫头还读。因为她的后面有父亲山一样的身躯为她撑着天，撑着一片蔚蓝蔚蓝

第三辑　透过开满鲜花的月亮

的天。

丫头争气啊，最终丫头考上了大学。这在村里让老张扬眉吐气了好几天。

接下来的几天，老张开始卖粮食，粮屯里屯的都被老张装起来了，满满一车，有二十多袋呢。丫头有些疼惜："爹，这些都卖呀？"

"嗯，都卖。"

"那你吃啥？"

"你去上学，我去你读书那地方打工，都不在家，不用留！"

"那够不够？"

"不够，快了。"

粮食卖了仅仅八百多元，比老张的预算少了很多。加上老张手里余钱总共也就不到三千。离学费五千元还差两千呢。老张开始四下筹借，借了三天，老张的亲戚都跑遍了，凑了近一千元。老张实在无处可去了，决定去找找她老舅。

天刚蒙蒙亮，老张就起来了，他匆匆地洗把脸，找了件干净的衣服换上，就出了门。

他先去村口的代销店赊了一箱牛奶与两盒点心。才朝她老舅家去。

她老舅家在董家坡，离老张所住的后李村不过八里地。那年丫头的娘在后李学校代课认识了学校的孙老师，孙老师是城里人，有家有室，却对丫头的娘动了坏心思。青葱一样的丫头娘性情羞涩文静，受了侮辱却不敢做声，直到显怀了，走漏了风声。孙姓老师被一纸调令返回城

风吹过

里，而丫头的娘则被家里人赶出家门不让回家。老张看她可怜，就不顾村里人的嘲笑，把大腹便便的丫头娘领回了家。温柔可人的丫头娘是个好女人，虽然不多言语，但把家里收拾得停停当当。本来老张盼着她生下丫头两人就圆房，谁知……..

唉，人那，苦啊。老张想。

老舅家来过两次，不过因不受欢迎就没再来。几年光景家里变化挺大。

老张感觉有希望，果不其然。老张还没说完，她老舅就示意她舅妈去取钱。厚厚的一沓，老张数了数，整整五千元。老舅说："余下的，就给丫头零用。都是自己人不用客气。"老张的心中暖融融的差点流出眼泪。"只是有一点小的要求，让丫头明天过来见一个人。"

"见一个什么人？"老张问。

"是啊，见见教育局的孙局长！"

"为什么？"

"唉，还能为什么，是孙局长的意思。"

"孙局长？"老张更迷惑了。

"唉，你忘了，他才是丫头的生身父亲。听说丫头考上了学，想偷偷地见上一面，帮上点忙。"老舅低着头，"我们也恨他，也不愿，可是有什么办法？他可是教育局的局长啊！不能得罪！"

"那你们准备怎样告诉丫头？！！！"老张的眼睛里直冒火。

"这一点你放心，孙局长也不愿捅破，说只是以教育局局长的身份看。"

▶ 第三辑　透过开满鲜花的月亮

老张颤抖着点燃一支烟，拼命地抽着，接着，他狠狠地拧灭了烟，起身就往外走，边走边说"只要能让丫头上学，咋样都成！"

几天后，丫头走出后李去外省读书了。老张没去，他病了，他说他要守着丫头的娘。

"得给她坟上拢土哩！"老张说。

情人节快乐

情人节和新年是同一天，这也许是百年不遇的巧合，也许是上天对人心的一次检测。所以那不是刁难，而是认清自我的一刻。

虽然早就知道2010年的情人节和春节是同一天，但是当这天真正到来时，他还是在心里暗暗骂了一句："他娘的！"至于骂谁的娘，他也不清楚，就像经常对黄脸婆脱口而出的："我加班！"那样随便。

他知道今天说这种借口是行不通的，可是想到另一处温暖如春的房间和等在房间里的人，他就忍不住骂了句娘。那女人很风骚，却很难钓。"2月14日我在宾馆等你！"那女人抛出这句话同时将红艳艳的唇在他有些沟壑的脸上盖了个印章。

当时，他一下子就热血沸腾了。

不知为什么，此刻他一下子就想到了加章出售的猪肉，就忍不住笑了，心神不定地在房间打了几个转转，

风吹过

来到客厅。

由于过年，妻子早早把乡下的父母接过来了。此刻他们正悠闲地坐在沙发上看春晚。来到书房，儿子在看书，女儿在上网，看到一双儿女，他的心里漾起缕缕自豪。这学期考试，儿子和女儿考得都不错，儿子保持第一名没变，女儿进步了许多，排在全班第七名，看着儿女，他焦躁的心略微有些平静。他轻轻带上门，来到厨房，妻子正低着头忙碌，圆圆的托盘里是包好的饺子，整齐地码在那里，像一队队士兵。

"马上就好了！"妻子抬起头冲着他笑，憔悴的脸上满是皱纹，头上一团枯黄的头发隐藏不住鬓角的银白。什么时候变得如此苍老？他在心里想，我怎么现在才发觉？回到卧室，墙上是二十年前的结婚照，照片上的妻子一脸阳光明媚的笑，依偎在自己身边像个可爱的小天使。怎么突然就老了？他在心里暗暗地想。

"爸爸出来吃饺子！"儿子推门探了一下头，客厅里传来一阵阵欢声笑语。

伴随着饺子的香味飘进来，他刚才躁动的心不知何时平静下来了。打开公文包，里面是准备好的化妆品礼盒。他突然想送给妻子，虽然开始不是给她准备的，但他突然觉得只有妻子才是最佳人选。

妻子进来了，站在他面前轻轻问："吃完饭再出去吧？"

他点点头又摇摇头，伸出手把妻子揽过来，揽在怀里："今天不出去了！"

妻子的身体颤抖了一下，抬起头笑："今天不出去？"

第三辑　透过开满鲜花的月亮

他羞愧而坚决："嗯，不出去！"

他紧紧抱着妻子，像结婚照上那样依偎在一起。

妻子笑了。后来又哭了。

回　家

走得太远，有的时候对于爱的念想反而成了一种伤害。可是如果没有念想，那还是爱吗？没有人能够回答。

孤单地候在楼下，看着三楼亮着灯的窗户，那里是他的家，十年来留下太多的回忆。可是如今他居然怕回到那里。他"咕咚"喝下一口白酒，嗓子被灼得火烧火燎，眼里漫起一层水雾，一种被全世界遗弃的感觉袭来，让他涌起想哭的冲动。可是他没有哭，他拿出一张照片仔细地看着，这是他唯一的安慰。

照片上的儿子正百天，可惜小家伙四岁多在家门口被拐，现在整整过去了八年多了。近几年来，他辗转在全国各大小城市、乡村寻找自己的儿子，不放过任何的蛛丝马迹。遗憾的是，几年过去了仍没有一丝收获。

开始，妻子还支持他，他也时不时在最失意最落魄的时候回到家里，休息一段时间后再次踏上寻找儿子的征途。后来妻子就不愿意了，再回来时她试探着说："要不我们再要一个？"还拿着温软的身体朝他身上贴。可是他却火冒三丈地推开她："你能忘了他吗？再要一个？亏你说得出口！你还是他的母亲呢，想想孩子现在有可

风吹过

能在哪里受罪受苦我难过,你怎么这么心狠?"于是妻子就嘤嘤地哭泣,再不去理他,也再不去阻拦他。

他们之间原本就索然无味的性事,仿佛在那一天就戛然而止,彻底地画上了句号。

后来,他风尘仆仆地回来时,就像现在这样站在楼下向上面望一望,然后把更多的眼泪流进自己内心深处。他在心里暗暗发誓不找到儿子决不回家,他要带着儿子一起回来!只是,他的希望总是落空,打工赚的一点钱总是一次又一次被别人骗得一干二净。

如果不是那次遭受诈骗的城市离家太近,他也不会回来。他没有像往常那样站在楼下向上留恋地看一会儿,而是直接上了楼,打开门,所以就有了以后的事情……

那一次,他把自己所有的血汗钱都交给了一个叫"马哥"的人,是因为马哥拿着手机给他看了一段视频,视频里一个瘦瘦弱弱的小男孩跪在街边乞讨,眉眼像极了那张百日照片上的小脸蛋儿。或许是许久以来他的心理防线已经太过脆弱,在看到的那一瞬间,他一下子泪流满面。他深信不疑那就是他的儿子!马哥答应带他去看,但条件是他必须先付三千元钱。不用说,当时他毫不犹豫拿出刚攒下的积蓄,痛痛快快地交给了马哥。因为他心里涌上了比这些钱要珍贵得多的希冀!

但是,在半途中马哥借口上厕所,趁他不注意溜得无影无踪。钱没了他倒不心疼,他痛心的是线索断了,更重要的是,车票还在马哥手里。结果,他没能到最终的目的地,列车到了一个离这个家很近的小站时,看他补票无望,列车员把他赶下车来。兜里揣着十几元钱的

▸ **第三辑　透过开满鲜花的月亮**

他不得不选择暂时回家。

到家时，天刚蒙蒙亮，整个小区笼罩在厚厚的雾气里，像他的心情一样阴郁。算算近几年来每次回来都没有给妻子带来好消息，内心其实是愧疚的。原本是想和以前那样看看就走，可是鬼使神差，一口气就上到了三楼。最后，怀着一种复杂的心情开开锁，扭开门把手——门被推开的瞬间，他的愧疚陡然消失得无影无踪。他的妻子正赤裸着身子从一个男子怀中挣脱，惺忪着睡眼朝他看过来，当看清楚是他时，整个人抖了一下，飞快地把被子扯到白花花的身体上去。接下来她，居然朝他——她合法的丈夫声嘶力竭地大喊："你出去！你快给我出去！"她这惊惧的喊叫声好像是看到了一个破门而入的窃贼，而不是自己的丈夫。她的喊声惊醒了被窝里的那个男人，那个男人表现得要比她还要惊惧，他全身颤抖地定在那里。

一阵一阵翻涌的热血，他觉得自己站在那里是那么的多余，像一个局外人。他带上那扇房门，想笑一笑，却感觉自己那笑比哭还要难看。

坐在小区门口的早餐摊位上等着。半个小时之后，他知道该走的已经走了，才提着豆浆油条重新回到家里。他买了双份，自己坐在茶几边大口地吃着，分辨不出吃的东西是什么味道。妻子已经穿戴整齐，默默地坐在沙发上等他。他一声不响地吃，艰难地吞咽着，像在完成一项艰巨的任务。看着他蠕动的嘴，妻子终于按捺不住，"扑通"一声跪在地，呜呜哭了起来："我们离婚吧……这哪是人过的日子啊！"

风吹过

迎着妻子的泪眼，再看看屋里陈旧的摆设，他突然间理解了妻子。

他温柔而凝重地把妻子从地上拉起来，擦去她脸上的眼泪。妻子的身体怔了下，大概是感受到了他们曾经的温情。

"离吧……"他的声音更像是从心底发出的叹息，头垂得很低，不想让妻子看到他涌出的泪水。"他靠得住不？"他突然抬起头急切地问道。

"他有家！"妻子的脸上掠过一丝愧疚，低下头去。

"那你还……"他的声调不由提高了八度，马上又不自觉地低了下去。是啊，妻子也是人，一个正常的女人，她也有七情六欲，这几年自己一心寻找儿子，竟然忽略了妻子的感受。

"我……"妻子再次低下头呜呜咽咽地哭了，"我想再要个孩子，转过年我都四十了，如果不趁早要恐怕一辈子都没宝宝叫我妈妈了……"

妻子的话深深地刺痛了他的心，他伸手把妻子揽在怀中，两颗同病相怜的心终于紧靠在一起。

八个月后，他陪着大腹便便的妻子去做产前检查，意外接到了派出所打来的认亲电话。他抱着妻子泪流满面。

第四辑　请允许冲动

　　理智的人生是一条直线，醉酒的人生歪歪曲曲充满了曲折。如果人生的目的不是抵达而是一场旅途，那么也许后者反而经历了更多的风景。但是谁又能知道，毕竟我们从未经历过另一种顺畅直达的人生。这么说绝不是觉得那样的人生毫无意义。毕竟什么样的人生都不是一开始就设计好了的，谁的人生都没有预演，所能做的就是认真依照已经发生的一步一步走下去，那么请允许偶尔的冲动。

每个人都会遇到怪物

　　缘分是一种妙不可言的东西，不管具体的经过如何横枝斜出，最终却总能以喜剧收场。你也会遇到你生命中的那个怪物，他也许难看笨拙甚至一点都不讨人心喜欢，但是你知道那就是属于你的那只"怪物"。

风吹过

"怪物"是佟丽娅给我物色的。

我在后来才知道"怪物"其实是佟丽娅的亲弟弟。

但也是在后来,方才知道"怪物"其实和佟丽娅一点关系也没有。

再后来……哎呀,我还是从头说吧。

在这之前,佟丽娅因为我的失恋,留宿在我的小窝里不走,连着劝慰了我两个晚上。

两天里,佟丽娅拉着我去游乐场坐极速飞车,把我捆绑在座椅上,看我脸色苍白地直入云霄,又急速下滑,看我有气无力地扶着墙呕吐。在我很没有胃口的情况下把我推进西餐厅,看她拿着刀叉对付一块菲力牛排,再看她性感优雅地举高脚杯。

我最终忍耐不住,愤愤不平地盯着佟丽娅说,你这哪里是来劝慰人,分明是居心不良乘人之危趁火打劫!借机在这里踩着我的痛苦休息调整,给自己小怡心情调节身心。佟丽娅忽闪忽闪自己的长睫毛,笑了,说,哎呀,才女,你怎么能这么认为我么。

说完佟丽娅又笑嘻嘻地说,好吧,既然你这么认为,那你就这么想好了。其实,不管你信不信,这些可都是我研究了你的状态后,费尽心机,专门为你推出的佟氏治疗方案。

交友不慎遇人不淑啊,你干脆自己付账好了!说完我推开椅子就走,不想再听她不着调的没完没了。可佟丽娅隔着桌子拽住我说,好!好!算你狠,那我问你,你现在是不是已经开始为这些花费心疼着,忘记了自己原本的疼痛!!

第四辑　请允许冲动

我愣了愣，狠狠瞪了佟丽娅一眼，朝门外走去。

晚上，佟丽娅在使用的海藻泥面膜时突然改变了话题，说出了刚才的那句话。

我后悔就后悔在不该听信佟丽娅，抱着反正闲着也是闲着，只当是去公园看看河马的话。

这只"河马"有一点点瘦，相对于上一只"河马"而言。

他坐在那里对着盆栽里的景致发呆，侧面看，苟缩着的脑袋被肩膀吃掉了半截。我把他想象没有鼻子眉毛，被利剑削掉半个脑袋的魔兽。这只"河马"兼魔兽的男人在我坐下了足足一分钟后才注意到我的存在，他咧咧嘴说，枯叶很多，好多枝干都萎缩了，看来是自打买回来就没打理照看过，现在是严重缺水，也不知能不能救活。说完，他就径自起身，端着茶杯朝卫生间走去。我几乎是在错愕、惊诧、恍悟和哭笑不得中等到他回来。

看着他将端回来的水倒进盆栽里，看着他将枯枝败叶用纸巾包起来，扔进垃圾桶。

那天，除了说盆栽和如何养花，他竟然没问我姓什么叫什么，做什么工作，年龄多大。

这是个怪物！我在心里下了判断。借着一个电话，我对他说了拜拜。

没想到这个"怪物"第二天竟然约我看电影。

我觉得好笑，和"怪物"看电影会是什么效果？怀着好奇的心态我和他坐在了奥斯卡影城。看我端着可乐拿着爆米花，"怪物"很严肃地对我说，碳酸饮料会疏松骨头里的钙质，导致骨头变得酥脆，缺钙。意料之中！

风吹过

我望望他没吱声，他又说，爆米花含铅量高，女孩子吃了脸上容易色素沉积，出现黄褐斑。

……若不是影片的诱惑，我真想甩了他就走。

但事实证明，那天的影片其实很一般。因为讲了些什么我根本就没记住。就知道一大堆男男女女在街上走来走去，在家里吵来吵去，在公园里哭哭啼啼，后来，其中的男主出国了，影片就结束了。他是在影片即将结束时抓住我的手的。

之前，他的手来来回回好几趟，在我的胳膊和手腕处徘徊。弄得人心烦意乱，没能静下心。我当然知道他是想捉住我的手。开始，本着女孩的矜持，我有意躲避了几次，后来甚至很明显地给出了机会，他竟然没看出来，还在原地打转。那天我也不知道着了什么魔，竟然任他那样牵着手过马路，然后到他的河马窝里吃泡面。

那是我吃到的最难吃的泡面。泡面不知何时买的，但确定是放久了，也被压碎了，煮了后碎碎地飘着，很难打捞。我在吃，他在看。本姑娘岂是那狠心之人？翻遍厨房后，只好叹着气挽起袖子给他做了一碗番茄面。

八个月后的婚宴上，我终于看到佟丽娅的弟弟，瘦兮兮的小模样就像削了皮的甘蔗，和我家的"河马"根本没得比，亏得当时跑错店。

这真是一段好笑又奇特的经历。

第四辑　请允许冲动

我和小 A

小 A 是谁，我没有见过，小 A 的爸爸是谁，我也没见过。可是通过文章《创可贴》里面的小女孩，我大概拼凑出了一个因为女儿患了病的爸爸。他有点痴有点呆，但这不影响他从内心流淌出来的爱。正是这爱感染了我，我才要把自己变作小 A 的模样。

不知道是不是在精神病院待过的缘故，小 A 的爸爸总是神经兮兮的。

这不是我一个人的见解，院子里的叔叔阿姨都这么认为。就连我妈妈也虎着脸给我说了不下十次，哎，你一个女孩家的和那样一个人有什么话可说的？趁早离他远远的，神经病！

我一下子就将脚下的石子踢出了几丈远。

因为我搞不清妈妈嘴里的"神经病"究竟是在说我还是说小 A 的爸爸。鉴于这点，又鉴于他们常说我现在正处在逆反期，我索性借此让自己更加肆无忌惮。放学后有意不回家的我，踩着自己的口哨进了溜冰场。别担心我会逃十元钱一张的门票，那是去年的我常做的事情。今年，在我的据理力争下，我的口袋虽然依然瘪，但总算不再处于严重饥饿状态。更重要的是，有一个秘密我从来没有说出来。那就是，小 A 的爸爸从见到我起，就开始朝我手心儿里塞零用钱。也不多，十块八块的。一

风吹过

开始我当然是坚决拒绝的。可是，小A爸爸似乎是铁了心要我接受，加上我原本就薄弱的意志，最终当然是我可以很开心地在校门口的小卖铺里买很多我想买的东西。也可以很大方地请要好的哥儿们、姐儿们尝尝校门口的烤豆腐串、麻辣豆皮什么的。

有一次，我想和小A爸爸好好谈谈，调查下他为什么这么好心，或者侦查下他是否对本姑娘有什么不良居心。但察来察去，觉得小A爸爸除了神经兮兮外，倒没别的不良企图。

和同学路过花圃时，又看到小A爸爸。他当时正坐在台沿儿上晒太阳。看到我，一下子跳起来冲我呵呵呵地笑。同学挤眉弄眼地问，认识你啊？我的脸一热，狠狠瞪了他一眼，扭头就走，觉得好没面子。但同学还是不依不饶，一再嬉皮笑脸地追问，什么情况？看样子那疯子和你很熟啊。熟你妹！我气呼呼地回敬一句。

但我没想到晚上放学会被小A爸爸堵在巷子里。

他的手里抓着一小把小雏菊，热烈地冲着我笑着，比画着。那眼神，有点直，有点傻，也有点叫人摸不着头脑。恼急了的我实在不想和他多待一会，待他走近时，便抬脚狠狠朝他的膝盖踢了两脚，然后扭头就跑。

小A爸爸是去年搬来的新住户。听说家是郊区的。

但他的家里没有小A，也没有小A妈妈。倒是有个小A奶奶，时不时地拎着一兜子菜呀什么的来来去去。之所以叫小A爸爸，完全是随着小A奶奶的习惯而已。用小A奶奶的话说，就是他们家之所以在这里租住，是因为这里距离五院近，便于给小A爸爸瞧病。

▶ 第四辑　请允许冲动

他这是怎么了？怎么会得这样的病？胡奶奶站在路口问小A奶奶。

小A奶奶的话没有她自己的眼泪多。她握着方手帕擦个不停。急得我真想冲过去夺掉她的手帕叫她赶紧说。硬挺了半个多小时后，总算从她的只言片语里理出个大概。

那之后，再见到小A爸爸我不再躲着他了。

妈妈再说我什么的时候，我也敢和妈妈顶嘴了。

妈妈总是气急败坏地跳着脚冲我吼吼，说，干吗不作声就把头发剪了？像个男孩子似的多野，你去照照镜子看看去，看看你这装扮，你这样子，哪像一个姑娘啊？

我真的去照了照镜子，然后悄悄地笑了。我想，现在这个样子应该更像小A了吧。

请允许冲动

有些事情说不清楚讲不明白。也许人本来就活在各种错误和荒谬之中，因此当你试图去探寻其中的真相时，面对的却是空无的答案。

如果你只是无聊透顶想借此打发时间，那么我建议你在看到这篇文字时不如放弃。因为这远不如你去斗斗地主，玩玩明星三缺一什么的有趣，或者和某位谈得来的网友玩些脸红心跳的小暧昧。最不济，你打开网页玩玩连连看。

风吹过

因为这类文字不适合你。下面你所看到的其实和平常浏览到的那些花边新闻没多大区别，也和那些经常在电视新闻上一闪而过的农民工跳楼跳塔讨薪的原型一模一样。

且为确保主人公的隐私不被泄露，这里我没打算公布他的姓名和住址。至于他妻子刘翠花，你可以只当做是一个符号。所以，这里就略去之前不太重要的花絮，直接从半下午时，楼顶突然飘起了雪花开始吧。

那会儿风裹着雪，一次次打着旋钻进他的身体又钻出来。雪也赶走了之前在楼下围观的那些人。瘦瘦的警察何时走的，他竟然完全不知。现在，面前这个大粽子似的警察突然递过来一支烟说，你想不想见什么人？譬如老婆孩子什么的？

刘翠花就是在这时不管不顾地硬挤进了脑海，怎么也赶不走。

闭上眼，他很迫切想抽这支烟。哪怕，很轻很浅地来上一小口。但挣扎许久的他终是战胜了自己，别过脸去装没看见。

刘翠花——这个让他恨了两年的女人，此时他念起的竟然净是她的好。

冰天雪地里，他听到刘翠花略带埋怨的声音从几年前的那个夜晚赶过来，爬上楼顶钻进他的耳膜。刘翠花说，那你给我说城里有啥好？咱在家里养猪不行么？

刘翠花又站在大门口红着脸说，抽空就回来啊，自家的地不能撂荒了。

他自是听得懂刘翠花在嘱托什么，却故作听不懂，

第四辑 请允许冲动

只是依依不舍地拿目光在翠花脸上舔。

工友中,他是回家最勤的那个。睡不着的夜里,有工友问,回去好吧?

他笑笑,想起翠花软软的身子,软软的笑,想起翠花在他身下笑着轻喘。

他说,翠花你小点声。刘翠花却一言不发翻个身和他掉个位置,愈发将动静闹大。

但这些很快就勾起他的无边愤怒,让他想起那次从院中仓皇逃离的黑影。

不是不去捉,他实在是没有勇气揭开真相。他知道,看清了,怕是就再也容不下。

可翠花比他还理直气壮,翻个脊梁说能过就过,不能过就离!

两记耳光抽出去他就后悔了。翠花却盯着他冷笑,说有本事你把我打死么!打死了就不用天天屋里屋外一个人,家里地里一个鬼!

以后你自由了。他闭上眼睛默默地想。

泡面?!他猛然涌起许多讶异和愤怒。这怪异的香气袅袅娜娜地从冷空气中挤过来,使劲朝鼻腔里钻。胖警察埋着脑袋,哧溜哧溜吃得正香。如果不是讨薪,他真希望这会坐在拉面馆,冲着拉面师傅很大气地说,大碗,多加点葱花香菜!

来一碗吧!这么冷的天。胖警察仰起脸说。

咽了下口水,他想拒绝,但却感到自己已经点了下头。

对,一定是点了下头。不然,那碗热腾腾的泡面后

风吹过

来怎么会到了自己的手上？

也不对，实际上真正端在手里的是另一碗。因为，之前的那碗，早在伸手去接时被打掉了。泡面热腾腾的朝楼下奔去，他愣了下，跟着向下望，就是在那刻突然觉得晕眩，接着胳膊便被只钳子般的手狠狠卡住了。没有挣扎，根本来不及，他便被蜂拥过来的几只手给拽了回来。那些人可真粗暴，根本不容商量，也不管膝盖处蹭破皮。楼道里真暖和啊。他闭上眼，泪水一阵阵涌了出来。

有声音追着问，你是哪家建筑公司的，你们老板是谁？

他咧咧嘴，突然觉得这些都不重要了。

暂　停

生活就是一场永无停歇的奔跑，而人生的车站密得让人喘不过气来。这一切到底是怎么回事？没有人知道。我们只是各自跑在那永无休止的跑道上。

嗨，嗨，不带这样的啊，多久了？

不能再拖了！别，别，你是我哥，你是我大爷。

一只手扶着方向盘的你满脸笑容，不停地递着软话，尽管是在车里，对方也根本看不到你，但你还是时不时地哈一下腰。好似打电话的人就在对面。

第四辑　请允许冲动

现在，你把目光从指挥交警的臂弯收回来，郑重地说，老大啊，只要你这次把欠的给清了，别说叫你大爷，叫亲爹都成！

是在路口等红灯时，你见缝插针打过去的电话。

这段时间为这点破事你都要恼死了。可你心里明白，越这样越不能得罪人，得哄着，溜着。不定哪句话说对了，人家一高兴就把钱给划拉过来了，那样你才能算万事大吉。所以此刻你依然堆起满脸的笑，与吊在车玻璃前的笑弥勒对视。

那边说，再等等吧，现在真是紧张，都快断顿了。正听着电话就断了，也不知是有意挂了，还是怎么。你怔怔盯着电话，郁闷得想立马从电话里钻过去揪住那家伙猛揍一顿。

后面的喇叭赛着鸣，看看亮起的绿灯，你踩着油门飞了出去。

奶奶，咬着牙将这句话吐出后又扫扫窗外重重地加了句，孙子！

原本就说不借来着，你看看，整天低三下四的，倒弄得自己像孙子！

憋着火的你一进门就扔给妻子这句话。

同时理都没理妻子递过来的笑脸，你将自己抛到了沙发上。但你心里却在等妻子的反应，只要她一开口，你就想好了怎么噎她。

这段时间一直不顺，倒腾股票赚那点原本是打算买车的，可没几天就被吞了，余下的那点钱你寻思怕连个轮胎都买不起了。

风吹过

连着几天你都在后悔自己当初的选择。

当时你是没打算那么早结婚的，这点和妻子交往之初就说明了。当然，你没说真正的原因是你嫌妻子个头矮，和一米八的你不协调。可当时还不是妻子的她那么热情，长长的睫毛一忽闪，你的心就醉了，立马迷失在她清潭般的眸子里。而且，傻子才会喜欢一个人的夜晚。于是你想，先就这样吧，以后遇到好的再说分手也不迟。

哪知怕啥来啥，一直小心着小心着竟还是中了招。

确定她真的怀孕后，你的肠子都要悔青了，整个人都要死了样，那个下午你看都不肯再看她一眼，就盯着房顶板着脸说，去做掉！

她虽然背对着你，却坚定地摇了头。晚上扑进你怀里的她更是哭哭啼啼了一个晚上，直到天麻麻亮你大手一挥说哭个毛线啊，领证。

——这，就是一切麻烦的开始。

婚后没多久小舅子说，哥呀，你给我找个好工作吧，不然我谈个恋爱都没姑娘肯。接着二姨又跑来说想借点钱。二姨的钱还没还回来呢，大舅哥又说刚看上一辆车，手里的钱差点。其实这些当初你真没放到眼里。

球！你笑笑，当然都给一一解决了。

你这么淡定的原因是你始终觉得你的脑子里藏着一个金矿。你就是这么对妻子吹嘘的。你说，你要什么老子不能满足你。妻笑，将掌心暖上你的脸说，亲爱的，大姑家小表哥来借钱了。

能说什么呢，你皱皱眉摸出手机。你也不想拆东墙补西墙，可欠账那边眼看还不了，这边的需要你只能另

第四辑　请允许冲动

做打算。

你打给你的另一个伙计。几分钟后，你高兴地挂了电话。

你抚抚对妻子的脸说，我出去一趟，一会就回来。

阳光淡淡，音乐淡淡，你的心熨帖得像一面轻纱。你在心里盘算，有打给你的这些钱足够应付一段时间，还了账还可以带着全家人去吃一次大餐。还有女儿，抓紧给她报个钢琴班。你又想起整天被自己吆来喝去的妻，寻思给她买套化妆品。

那辆车压过来时，已经来不及了。尽管你启动了急刹和侧躲。

你不会爱上这样一条狗

有些事情不忍回忆，但是却一定要说出来，不然就会如鲠在喉。但是说出来又能如何？事情又能发生什么不同的变化？

你不会喜欢上这样一条狗。就像小桃讨厌跟在她身后的黄毛。

到底怎么来到小桃家里安营扎寨的，小桃现在已经懒得去分清了。印象里，家里总断不了有这些无家可归的畜生赖着不走。它们怎么来的，怎么去的，小桃从不感兴趣，也从没想起过问。

风吹过

但这个被唤作黄毛的家伙却给小桃留下了深到骨髓的印象。当然,这里并不是说黄毛长相出众、聪慧伶俐或者有别的什么讨人喜欢。相反,黄毛是最常见的那种笨狗。一切要从黄毛咬了小桃一口说起,小桃腿上的那个凹陷的疤痕也是在那时留下来的。小桃因此心里恨死了黄毛,也不止一次对父亲嚷嚷要杀了黄毛吃狗肉。能不恨么?连着挨了好几针不说,关键是整个夏天小桃都不敢穿那些色彩缤纷的裙子了。所以每次放学踏进门,小桃就会冲着黄毛说,你等着,早晚要扒了你的皮,吃你的肉。而这似乎也给小桃心里留下了洗不去的阴影,好好走在街上,只要身边窜过一条狗,心里就会没来由得一惊,至于每天在家里看到四处乱蹿的黄毛时更是心有余悸地打个冷颤。

咋不宰了吃狗肉呢?小桃时常也会冲着扔骨头给黄毛的父亲跺着脚嚷嚷。但不知什么缘故,父亲却只是笑笑并不作答。就这样,这条狗居然在小桃家里待了下来。真没人喜欢呢,大都是吆喝来吆喝去的,有时还会给上一脚。就连时常给黄毛带骨头的父亲也不是很爱,最多把煮得半熟的骨头朝地上一甩,扭身就回屋,看都不看一眼。

黄毛却高兴得很,埋着头咔吧咔吧吃得脆响,间或很温情地望望路过身边的每一个人,包括小桃。它似乎完全忘记了自己犯下的错,有时竟然朝小桃身边依偎。家里无论谁只要多望它一眼,它仿佛一下识透你的心,立马会将整个身子贴过来在你腿上蹭。但有了上次小桃的教训,谁还会再信它呢。所以,大凡这个时候,黄毛

> 第四辑　请允许冲动

收获的不是一脚就是两脚或者三四脚，外加一句提高分贝的呵斥，去！

之所以能挨上三四脚是因为黄毛分明挨了踢，却还要继续赖着不走。就是这样一只不知从哪里跑来，或者天生就是一条流浪的狗，完全不讨人喜爱。打眼一看就知道没有高贵血统，它不光看着笨拙，脑子显然也不太灵光。即使被踢被打，每晚也都卧在小桃家的大门口。从春到秋还凑合，冬天时就不好对付了，整个身子蜷着像一团破布。过年时，原本以为家里会杀了吃炖狗肉，谁知不但没杀，且顿顿如常。就在小桃觉得"报仇"无望，不再抱什么希望的时候，寒假已经结束，学校开学了。

开了学的小桃，每天忙着上课，听周杰伦的歌，和男生递递小纸条什么的，她几乎完全忘记了黄毛和她冤大仇深这件事了。结果那天放学回来，弟弟高高兴兴地跑上来说，姐，姐！咱晚上吃狗肉！狗肉？小桃猛然一愣想起黄毛，撒丫就朝后院跑。

可不是么，后院树杈上挂着的可不就是黄毛么。没想到平时看起来瘦弱不起眼的黄毛如今挂起来看，个头竟然这么大。这让小桃很担心，觉得那么凶狠的黄毛究竟是怎么杀死的呢？它怎么能轻易就范呢？小桃在心里设想了杀狗的一些步骤，但无论怎么设想，结局都免不了弄得满手满脸都是血。

父亲却轻松得很，蹲在树杈下抽烟的他嗤地笑了。说杀它一个畜生还不容易么？招招手就过来了，将备好的绳索朝脖子一套就好了。

这就是黄毛了，此后再也不想记起它，这么傻的狗。

普　洱

　　时间是最好的间隔，把过去和现在分置于不同的时空。但总会有那么一刻，两个独立的时空会产生某些局部的交错，而造成无法言说的波澜。

　　十年同学会，大菊意外收到份礼物，一盒云南普洱茶。

　　那个叫周全力的男生递给她的。那时聚会已经结束，班长将没车的大菊分给开着车的周全力，并伸手拍拍他肩膀说，我们班的班花就托付给你了哦，你小子，有福！

　　于是在一群同学的哄笑声中，已经坐进驾驶位置的周全力冲大伙一抱拳，发动了车。大菊对于这些闹剧只是抿着嘴微笑。其实聚会一结束大菊的心就窜回了家。早上出门时，女儿还发着烧，大菊原本想着不来了，但丈夫春福硬是催着她出了门。春福说，去吧，这么多年没见，聚一聚终归是好的，不然错过了，以后会遗憾的。

　　但直到聚会结束，大菊还是觉得这样的聚会没什么意思。自踏进酒店的大门，就被这个拉来，那个拉去的。无外乎女同学有意夸大的惊呼，天啊，你们瞅瞅，我们的大菊怎么就没一点变化呢？还是和当初一样漂亮，男同学就跟着磕头虫般点头附和。尽管大菊知道同学们都是从善意出发，但心里还是抑制不住地微微泛酸。但一脸祥和的大菊不动声色地抿着嘴冲每一个同学微微地

第四辑　请允许冲动

笑，将另一种气度发挥到极致。一天了，现在她的腮帮子僵僵地有点发紧，但内心却在翻江倒海地想，怎么会没变化呢，那时脸上的皮肤紧致得像一块温润的玉，如今脸颊那么显眼的一大块黄褐斑，肤质也明显不如当初那么光洁了。

那盒茶就是在此时递过来的。扁扁的礼盒，做工很精巧，同时递过来的还有周全力的那句话，收着吧，这玩意美容，能调理身体机能改善肤色暗沉。

大菊的心就是在那时"咚"地一下怦怦地加快了。

春福的不满是在几天后表现出来的，那时大菊刚拆开一套价值不菲的紫砂茶具的包装。春福问了价格后突然来了句，这玩意不错呢，也不是咱能消费的。大菊内心积攒的酸涩就是在此时爆发的，她没扭头却梗着脖子来了句，咱能消费起什么？跟着你春福能消费起什么？就是因着这句话，俩人脊梁对脊梁了一个星期。几天后，刚缓和下来的春福又因为大菊手机上的一条短信给起了争执。短信没头没尾的，只有一句话：从来没有忘记你，你那如月亮般的脸，让我夜夜失眠。春福翻来翻去查看，也没看到大菊的回复，就干脆拿着手机质问这是哪个给你发的无聊短信，大菊撇开问题不答却脸红脖子粗地反问春福凭什么翻看自己的手机。那天又是吵到了大半夜。短信事件后来当然又是不了了之，但俩人之间总像是隔了一层看不见的膜。

大菊脸上沉积的色斑愈加明显了。几个月后的一个清晨，收拾房间时看看积满薄尘的茶饼，大菊叹口气扔进了垃圾桶。

风吹过

夜里,春福的手探过来问,扔掉多可惜呀。

大菊翻个身,满脸的泪。

午　后

救赎有时候就是一瞬间的事。魔鬼与天使刹那之间交替。都不是一个善良的故事,但是却有一个善良的结局。一个好人始终没有学会如何去做一个坏蛋。

姐姐,我要拉巴巴。说着,果果身子猛然一蹲,苦巴着脸说,我拉裤子上了。

味道就是在此时弥漫开的。素素几乎要崩溃了。她真后悔跑到幼儿园带着果果出来。之前接送两年果果的缘故,幼儿园园长一看见素素就认出来了,笑着说,呀,长成大姑娘了。

好在公交车及时停靠了站,素素迅速挟裹着果果逃下了车。拽到洛河边帮着褪掉裤子清洗,又将小短裤洗干净晾晒在草丛上。果果大概知道自己做错了事,绞着手指不好意思地询问,姐姐,什么时候游泳呀?你还给不给我买冰棍了呀?买!买了后让你吃了还拉,拉裤子上。素素说完,刮刮果果扁扁的小鼻子笑了,又迅速将笑声收拢。

大中午的,哪有卖冰棍的。好在果果人小,好哄。素素随便伸手指一处什么花呀草呀石头呀,果果就能乐颠颠地玩上半天。果果玩的时候,素素就抱着膝盖发愣。

> 第四辑　请允许冲动

看果果，看洛河，看远处的车或者人。也想那个让自己又爱又恨的男人。

　　昨晚素素在出租屋从早上等到半夜，终于等到那个男人，可男人刚一进屋就把扑上来的素素朝怀外推。累，男人说真他妈的累。男人说着叹了口气说，看得紧，手机都不让用了。看素素不吱声，男人就苦笑，要不，算了吧。闹腾一整天了，她心脏一直不好，我怕她出事。一直咬着唇没吱声的素素，一下子就觉得自己的心脏钝钝地疼起来，素素的眼泪也是在那刻开始弥漫的。素素打掉男人探过来的手噙着眼泪笑，素素说，好呀，算就算，原本就没什么。是没什么。男人跟着说了句。素素听了咬着嘴唇笑得更璀璨了。男人说我偷跑出来的，不能久留，要赶紧赶回去，素素笑得弯着腰喘不过来气儿，素素说那就赶紧走么，还等什么。男人要伸手抱抱素素，被素素扔过来的拖鞋赶出了屋。

　　男人走后，素素的心一下子空落起来。素素想，是没什么呢。其实这几次眼看就要成功了，男人却陡然收了手说，素素，我这不是爱你呢。素素不依，咻咻地追过来索取，说不是爱是什么？是害。男人说。男人说完仿佛被自己的话给惊醒了，身子也变得僵硬起来，接下来的动作就十分敷衍，索然无趣了。有次素素几乎使出了自己的所有解数，眼看就到了解开纽扣的环节了，男人却突然住手挠挠头说，还是……下次吧。

　　姐姐，咱们到底什么时间回去呀？妈妈还说晚上请你去我家吃饭呢。

风吹过

吃饭？素素的心"咯噔"一下，蹲下来问，你妈还说什么了？妈妈说素素姐是个好女孩，要我多向素素姐学习。素素舒了一口气又问，还有呢？你妈妈和爸爸吵架没？没，只是妈妈昨天流了很多泪，后来就晕过去了，爸爸给妈妈喂药，家里还来了医生。对了，昨天半夜听妈妈说什么，她当年就是像素素姐这么大。姐姐，问这个干吗？果果歪着脑袋说。

没什么，你喝汽水不？素素有些慌乱，伸手指指桥那边的冷饮店说，渴了吧。果果犹豫了一下，立马跳着脚说，好哟，我去买，你一定要等我。听着这句话，素素的身子抖了一下，昨晚她也是这么对那个男人说的。可是那个男人说，别，别等了。咱们都等不起。

果果像一只蝴蝶朝桥那边翩翩飞去。一刻钟后，这只蝴蝶又飞了回来，她拿着一支红豆冰棍一支绿豆冰棍说，姐姐人家不卖汽水，咱们吃冰棍吧？她说好，素素拿着冰棍有一下没一下地吮着，洛河就在眼前一晃一晃地远去了。

给果果套小短裤时果果说，姐姐我想起来，我妈妈说洛河滩每年都淹死好多人，姐姐可不要在这里游泳。素素答应一声说，走，我们回家吧。果果咧着小嘴冲着素素笑，光影里那神情像极了那个男人。只是素素再也恨不起来。

第四辑　请允许冲动

理　发

生活是如此不容易，但不如意的生活里却有更艰难的人。父亲从来没有说过生活的苦，因此反而更让人感受到了那份苦涩。

镜子上那纸条还在，只是上面的钱数已经变成了"八元"。

马靖刚才进来时是午后两点多钟，本来他该在六天前就来的。每个月底领到工资后，旁人都是先去跑银行去存或是跑饭馆去吃，马靖不，他要先理发。可保安队上个月又走了俩人，大家这班都上得紧巴巴的，休假没了不说连上个厕所都得一路紧着去，今天瞅这空挡副队长真的是很给面子了。

你小子再打扮也就是一保安，变不成天鹅。人家说。但马靖回道，总得注意下队伍风貌是不，理个精神点儿的头，多少也给咱小队提升形象嘛。嘿，这话中听！副队笑，快去快回，有人碰见就说是给队长买烟了。

其实哪会给人看到么，这小店偏在一旮旯胡同里，之前马靖在那儿来来往往了大半个月才注意到它的存在。马靖当时觉得这人真不会开店，可又一想那房租准很便宜，所以领到工资后就特意拐到那里，一扯门帘跨了进去。

理发，刮个脸。马靖大气地说。

风吹过

此后马靖每月必来。同寝室的队友听了撇撇嘴，说你个马屁精，七块？告诉你，正规的价儿是四块！咱知道个地方只要三块半，你整一个冤大头。

马靖说不一样……

不一样个球，是理发的奶子大还是肯让你摸小手？非要白掏那三块钱！

你们咋恁能腌臜人呢！马靖气急，这帮子家伙，那莫名其妙的绰号"马屁精"就是从他们中间传出去的，不知道整天在想啥。

他们自然是不会去那家店的，那种门口站着妹子的发廊才会吸引他们。这店也就一间房，唯一值得称道的，看来看去也就那面镜子，大大的一整块镜子里面的景象完完整整的。

可马靖还是觉得不一样，每次一进门人家从凳子上慌慌地弹跳起来，还有那迎送来送往谦卑的笑，话语温和手法细致，甚至连敷在脸上那毛巾都透着让马靖说不出的热乎劲儿。

每次，半闭着眼的马靖浑身舒坦，安静无息地躺在理发椅上，感觉整个人像飘在一个烟雾缭绕的某处。有次趁着换烫毛巾的空，马靖说老板你咋起这店名？之前人家的招牌很顺口，易记。可是这地儿也太偏了啊。呵呵，热闹处咱这小店也不合适啊，房租水电杂七杂八赚的不够缴啊。

是啊，确实是小店，可问题的关键是这男人的性子也太好了。马靖第一次来时，这个头连带刮胡子一共用了快一个半小时，差点错过了接班时间。乖乖，马靖就

第四辑　请允许冲动

摸着光溜溜的下巴说，老板你这样不赔钱么！男人就咧着笑了，不是想着来花钱了咱就用心好好给人家服务，做好做舒坦了，让客人觉得钱花得值，愿意来。咱店小，活儿不能做的缩水。

马靖后来统计过，每次来理发带修面（马靖这才知道这"修面"可要比"刮胡子"的内容复杂多了）都是一个小时靠上的，才收不过那么区区几块钱。

多少？七块啊，先前不都说了嘛——足足一个小时的周道呢，再加上那一丝不苟的用心，马靖觉得老板铁定是赔了。

可老板说，生意么各有各的做法。马靖听得就有点儿似懂非懂，觉得果然这"头等事业"里也有藏龙卧虎之辈。

不说马靖在这儿一板一眼地感慨，那边儿队长早已暴跳如雷了，指着副队的鼻子骂说人这么缺，还理个屁头！在哪？揪回来！副队想了想，说好像叫"初恋"的一家店。队长更恼了说还去洗头店泡女人！在哪儿？我亲自去抓！

其实他们全搞错了，人家的店名叫"初·恋"，全不是他们以为的那回事儿。当初马靖第一次跨进去时，人家正好空闲，马靖看到大镜子上贴着的那方窄纸"理发修面七元"，心中一动在镜子前坐了下来。

不过那是五个月以前了，现在物价飞涨得离谱，这次进来时，马靖发现纸条上已经变成八元了。

可是，真的不赔么？躺在理发椅上的马靖，在毛巾那逼人的热乎劲儿下又有点昏昏欲睡了。拿起剃刀的男

风吹过

人精神抖擞的像换了个人似的，正猿臂轻舒，划弧而落，接着剃刀开始匀速弹跳在马靖的面部、颈部……

唰唰唰的声音不间断地绕着耳边响着，所到之处凉意弥散，听着，听着，马靖突然抑制不住很想掉泪。

不知为啥，他想到了父亲。

行　动

有时候生活总给你了一次重新选择的机会，这真是人生之大幸。喜剧悲剧全在转瞬之间。该哭该笑全部都是偶然。

谁也不知道我找方老头干什么。就连我自己也不十分清楚。但是我知道自己的怀里揣了一把尖刀，这尖刀给了我无穷力量，让我走起路来虎虎生风。

集镇上我花掉了四块八毛钱，够买二十四个糖饼，就着白开水的话可以吃八天，但我一点也不觉得疼惜。

方老头近来总在课堂上为难我。他总是点我的名叫我站起来，回答他问的任何问题，答对了不表扬我，答不出来却当着同学的面批评我。但这不是我找他的真正原因，真正原因我一时也说不清。

放学时方卓带领一伙人追了上来，他们围住我，踢了我还抢去我的书包骂我，你妈脸皮真厚啊，给我叔洗被单洗到被窝里去了，还给我叔洗裤衩，把我叔的工资都洗没了。"嗡"地一下我的脑袋就变大了，一股股

第四辑 请允许冲动

血液翻腾着直往上冲。当时我手里要是有一把尖刀的话就好了，我一定会让他知道我的厉害。但那时我的手里只有一团汗津津的演算草纸，是为钻到玉米地里大解准备的。而这把尖刀那时候我还没遇见，大概正安逸地躺在刀鞘里昏睡，掩埋在摊位上那一大堆的铲子、钳子中间吧。

站在大柳树下，目送方卓他们啐出许多唾沫后嬉笑着远去，我蹲到花生地里扒拉着寻找我的书包和另一只鞋。记得是给扔在是这个方向的，但我找来找去总也看不到。口袋里的五元钱还在，前天妈妈突然塞给我的，她这段日子似乎心情大好，居然肯拿这么多钱给我。她慷慨地说这钱你省着用买些自己需要的东西吧。我张张嘴很想说什么都不需要，只是你能不能不再跑出去给别人浆洗被褥，也不要朝我们的方老师家里去。但这些话我只是想了想，还是说不出来。

爸爸瘫在床上好多年了，见天都要吃药都要人伺候，奶奶更是羸弱得像个药罐子。而我，一直想拥有一双纯白色的帆布鞋。班上的男生都穿，体育课站队齐刷刷地站队，我真不想站在第一排，好显眼。

集市拐角处就有一家卖，我不知去问了多少次，但每次总是说九块八毛不肯便宜一分。所以，今天路过时我只是扫了一眼就走开了。我想那个站起又坐下的胖女人看清是我后一定讶异又欣慰的吧。那把尖刀就是在那时跳入我的视线的。半开的刀鞘内探出的半截闪着耀眼的寒光，看到的第一眼我的心就开始怦怦加快。

风吹过

我大模大样地在街上溜达了一圈，视线所及处希望能碰到方卓。但真奇怪，方卓好像突然从这个世界消失了。后来我突然很想见到方老头，很迫切地想。我在学校寻觅了个遍，就连厕所也没放过，可是方老头似乎也跟着方卓一起失踪了。

校门口卖油条那家正在吃午饭，白花花的米饭上浇了一摊酱卤，香喷喷的味儿直朝我的鼻孔里钻。又累又饿的我沮丧透了，决定还是先回家，垫些妈妈做的糍粑再出来。

半路上碰到了走得满头大汗的妈妈，我问她干吗去，她瞪着眼不回答劈手给我的后脑勺来了两巴掌。直到被拎进院子我的耳朵才得以解放，火辣辣的疼痛中我发现可恶的方老头居然微笑着坐在我家床边喂爸爸喝粥。奶奶笑眯眯地朝嘴里塞着一块鸡蛋糕，她指着桌上的一堆花花绿绿的糖果示意我吃。

方老头那天起一直在我家没走，他在爸爸床边搭了块木板和爸爸一起睡。妈妈收拾好了下房他也不肯去。方老头除了喂爸爸喝粥还帮爸爸擦洗身子，偶尔也会陪我下棋和检查我的作业。方卓那天后突然变了一个人，处处讨好着我。

夏季过后那把尖刀变得锈迹斑斑，奶奶偶尔拿它捅捅火炉里没燃透的柴。

第四辑　请允许冲动

彩虹糖

　　租个女朋友回家并不只是一个笑话，有时候也是说不出的为难。父辈有父辈的想法，子辈有子辈的不如意。有时候欺骗也是一种善良。

　　女人嘻嘻地笑，问道，行吗？这样行吗？

　　行！放心吧，一切听我的。男人自信满满地在女人脸上狠狠地亲了一口，拎起拉杆箱头也不回地朝前赶，这时天刚擦黑，通往村子的路还有点远。

　　男人和女人进村时是掌灯时分。

　　黑漆漆的庄子里狗叫声此起彼伏，男人攥着女人的手走得磕磕绊绊。老远，一只手电筒的光束打过来，谁？男人犹豫了下笑，是闵子叔吧，我纪小赖啊。哦，是你娃啊，我还当是上次那偷狗的贼呢，这不年不节的也有时间回来啊？哦……是为你妹结婚的事吧？赶快回去吧。说着手电筒光束收了回去，纪小赖呵呵笑着甩甩汗湿的手，步子迈得更急了。

　　篱笆门前立住脚的纪小赖停顿了一小会，终是抬脚踏进了院子。中央台新闻联播刚刚结束，纪小赖犹豫了下颤着音儿朝屋里喊，爹，我回来了！娘……正端着碗的老爹和老太太就愣住了。

　　这是纪小赖大学毕业四年来第二次回家。去年老爹翻了车被四轮车盖住时纪小赖正被派往上海出差。后来

风吹过

电话得知无大碍就没再吱声。短暂的沉默后一只鞋子率先从窑屋里飞了出来，随之而来的还有老爷子嘶哑的吆喝。日你娘，连个媳妇都混不回来还有脸回来，白养你个龟孙，你咋不给老子死在外面哩！纪小赖身子一偏，绕开了去，"啪嚓"一声惊得院落鸡舍里的母鸡咕咕叫着扑棱棱地乱飞。

死老头，你想干啥？你这是干啥啊你？老太太嚎叫一声撂下饭碗站了起来。

纪小赖醒悟过来，赶紧把暗处的晨露露朝前一推咧着嘴嘿嘿地笑。娘，电话解释多少次你们就是不信，你看嘛，这次我可是把真人给你们带回来了，以后可别再一次次地朝办公室打电话了，惹人笑话不是。歇口气又笑，看我爹说的是啥话么，我能随便死在外面么？我要是死了咱老纪家不就后继无人了么。娘，你的牙疼好了吧，要是还疼改天咱去城里找医生看。

老太太眼里汪着的泪哗地一下就全来了。直到夜里给儿子铺床也没擦干净。

你妹？唉……不怪她呀，妮子这是穷怕了，谈了个对象早早住到人家家里不肯回来，男方虽说年纪大了点，但好在家境还不错。老太太唠叨着笑着，脸上的泪却欢快地淌着，不停地伸出湿漉漉的手去摸儿子的脸，抚弄儿子的头发，又转身攥住儿媳的手看儿媳的脸看儿媳的胸，然后再看儿媳高高隆起的肚子。看着看着，老太太绽在嘴角的笑就越发收不回去。

是个男娃。夜里老太太十分肯定对老头说，一看那肚子的形状就知道。老头不吱声，一锅旱烟在窑屋里明

第四辑　请允许冲动

明暗暗。丢死个人呐，不成器！老头想想手就会颤抖。读了四年大学把家里读得一干二净，好不容易盼到毕业参加工作了，却还要家里"喂"。这一年到头还不如村东头放羊的瘸子东升呢。人家瘸是瘸娶个不瘸的媳妇，生个漂亮的娃娃。虽说是放羊，名声不好，好歹一年赚个万儿八千的攥在手心儿里，看看那盖在村口的三层小洋楼多打人眼。老头想着想着翻个身朝着黑漆漆的屋里深深地叹了口气。

十万。咱娃说了，只让咱们拿十万，剩下他自己想办法。城里买房不容易呢，看把咱娃累得又黑又瘦的。娃要的不算多呢，把咱的拖拉机兑给别人吧，二子他爸不是急着要么？再说你年岁大了，开着出去我也跟着操心不是。老太太笑，还有咱的那些小麦也桌了，反正就剩咱老俩也吃不完，摘的棉花也能卖不少钱。凑凑，咱再朝亲戚借点。对了不是还有咱闺女么，不能让她袖手旁观。给女婿说说这事，成了亲就是他大舅哥，咋着也不能手软，咱养那么好个闺女白给他了，帮衬点也应该。咱娃现在把媳妇给领回来了，过了冬月就要生，没几个月了，盼了这么多年咱也该抱上孙子了……

老太太说着轻轻笑起来，城里花销大，动动窝都是钱，死老头听见没？这次你可要听我的！老头子不接腔，一翻身子弓给自己的女人一个沉默的脊背。

小心地闩好门，晨露露拆掉绑在腹部的抱枕撅着嘴埋怨，人家难受死了。说着纤纤玉指戳过来笑。你妹，坑蒙拐骗到自己家了。说说下这么大劲儿为了啥？纪小赖软软地瘫在床上懒懒地问，干你们这行一晚上能赚多

风吹过

少钱啊？晨露露却答非所问，说好了这趟给两千啊，你可不许反悔。

黑暗里，纪小赖幽幽地说我要是个女人就好了。

嘿，朋友

所谓远亲不如近邻，抬头不见低头见的邻里，总会有相互帮衬的需要。往日的一些疙里疙瘩，有时对方竟然也真没有记在心上，反倒是自己总没能解开。

也是病急乱投医，马三想到一个村的马全。

马全在镇上开饭店那几年攒了不少人脉，认识不少有头有脑的人。

没想到要说的话刚起个头，马全就不计前嫌地拍着胸脯承诺。三儿你放心，这事没问题，交给咱，三儿你就把心放到肚子里去。啥都甭管了，回去该干啥干啥，完事儿我一准把摩托给你要回来！

心一热，马三不由对前段那事儿愧疚起来。

其实也不算个什么事。二月份赶集卖羔子，不消一个时辰就脱了手。心里美气，路过马记羊汤时就拐了进去。谁知没喝几口呢就被人拽住了袖子。一扭头，马全满脸堆着笑，三哥你今儿来卖羔子？马三原本想说不是，可想想马全定是得了消息才追来，只好碗一顿说，你有么球事？我等着喝汤呢。马全就嘻嘻地笑，三哥你手头宽绰就把钱先给我吧，我现在有急用，回头我给你送家

> 第四辑 请允许冲动

里去。马三捂住口袋别过身子说，我这统共才卖了几个小钱，你一张嘴就要。马全就跺跺脚说，你不肯就算了，我去别处想法去！！

结果，那天下午马三婆娘和马三结结实实干了一架。

没脑子，实心眼！钱能说借就借？你借给马全那二球几时才能要出来？说完婆娘就逼着马三去找马全讨。马三没招，前后街踅了几圈后咬咬牙走进自家的老宅里。

正在墙根晒暖的马三爹，瞥马三一眼，身子一动没动。马三打工回来那天，人没到家先过来给老头留了两千块，马三说这钱先放你这儿，等我啥时候说想买摩托时你再拿出来，就说是赞助。这几年为了"搞好"内部团结，马三用这样的"方法"让老爹给自己家"买了"不少物件。因着这原因，婆娘见天爹长爹短的，叫得很是亲热。过年时竟破天荒给老头买了身儿新衣裳，这些让马三心里很是暗暗得意。

婆娘的嘴总算是堵上了。可马全这边也断了音讯。马三一催再催，马全却一推再推。

六月半在西瓜地截了个正着，想着这事终于可以了结了。谁知一看到那满园子咧着嘴的西瓜蛋蛋，再看看缩在地头抱着脑袋肩头一耸一耸的马全，马三想好的话硬生生又全吞了回去。杵了会儿，忍不住跳起来说，你他奶奶就是个二球！连个西瓜种子都买不好，还卖个球钱！！说完扭头就走，将马全和瓜田都抛在了身后。

晚饭后马三赤着膀子正在院子里冲凉，老黄狗突然汪汪叫起来，接着大门吱呀一下，马全婆娘旋了进来。二话不说塞给马三一卷票子就走。亏得马三婆娘那时不

风吹过

在，唉！

这事弄得马三浑身不自在，总觉得倒像欠了人家的情。

可眼下顾不了那么多了，那可是马三新买不久的摩托啊。

镇上十字路口，大盖帽一敬礼，马三想躲已经来不及了。买的时候，商家夸得天花乱坠说是助力车，不需要办任何手续，哪曾料这破车也要办行车证？可人家不和马三争执，白底黑字的单据一递过来，再不肯和马三啰唆半句。虽心有不甘，马三也只好攥着收据转身。好在刚才递烟时人家说了，你明儿拿着单子到交管所去处理。

八月的马蹄镇说是火炉都不为过。虽说已是喝过晚汤了，但灼人的热气滞在半空中不肯消散。马三心里更是像要烧起来。拖沓着步子朝马全家赶，想问问马全摩托的事说得咋样了，再不要回来，摩托车后的半筐鸡蛋怕要坏掉了。马全一看见马三就笑，说三儿，你咋恁不相信人哩，那事我已经给你办妥了，只等着明儿起早给你领车了。

多日的阴霾一扫而光，马三顿觉浑身凉爽起来。

坐在马扎上抽了支烟，满心欢喜地朝回赶。乡下没路灯，一出门就黑漆漆一片。马三也就看不到他身后的房子里，马全和他媳妇正在朝袋子里装绿豆。

马全拎拎袋子说，看着欠点啊，你去谁家看看再舀几碗添上？人家管事的说好了三十斤，少了怕人家拿捏咱，不挡事儿。

马全媳妇忽地将手中的葫芦瓢一摔说,嫁给你个鳖孙真是倒了八辈子霉!

骂完,蹲下身子在地上摸来摸去,半天后摸着了,拿灯下一凑,"扑哧"一声笑了,说这玩意还怪经摔哩,不耽误使。

送你一瓶杜康酒

日子就像酒一样,总要慢慢地酝酿慢慢地品尝。有些滋味是需要咂摸之后才能感受出来。生活会教会你一切,也让你明白一切。

这想法其实早就有了。

周奶奶家的阁楼很小,放下一张床和一个书架后勉强挤得下一张小茶几。

雾霭将散的清晨,缕缕的阳光金线般从推开的小窗流泻进来,总有不知名的小鸟叽叽喳喳地排在飘着彩旗的衣架上叫你起床。你赖在被窝里听着,看着,将目光懒懒收回来。

房间里暗暗的,静谧得像幅画。视线湿湿一路抚摸过去,最终在触到那瓶杜康后打了结。

瓶身洁净剔透,衬得盛装的液体愈发清澈。就连那瓶塞,也雅致得仿若摆件。最后一次吃饭的那个小店在巷子深处的竹林旁,清风摇曳中他点了素炒豆芽,又点了麻辣豆腐。米饭上来的瞬间,这念头突然就跳了出来,

风吹过

而后的许多日子里，时不时地扰着你的思绪。

你没说。那天其实你想再点个红烧肉的，但看到他有一筷子没一筷子地挑着那些芽菜，你终是将要说的话咽了回去，尽管这过程有些艰难。去的路上起了风。坐在电动车后的你禁不住像之前的许多次那样，将胳膊绕去环他的腰。他僵了数秒又恢复，贴着脊背传递给你温温的暖意。

是早就预见了吗？丝丝失落在心底弥散，挥之不去。

你第一次对他说酒，在他的吻离开你的唇时。那抹嫣红赫然，从脸颊跳到脖颈，又染上你的耳垂。仿佛你饮了酒，被浸染，被醉透。他盯着你看，数秒又将身子附过来。灼人的气息瞬间将你淹没，你骤然慌乱和迷失。

你想起父亲托人从老家带来的那瓶杜康。隔着电话，父亲的声音透着喜悦。咱这可不是在超市买的那种，这可是咱亲眼看着用粮食酿出来的，窖藏了好几年的好酒。你笑，爸哎——我又不会喝酒。父亲就笑，没说让你喝，咱这杜康酒啊不是酒，是酒文化。你的心一下暖暖的。

父亲的朗朗笑声让你想起弥漫庄子上空经久不散的酒香味。

他摇头，我酒精过敏的，你留着自己喝吧。我自己喝？你愣愣，脸一下发烫。好似自己真的喝了那酒。你不止一次地想，如果再来一次，你一定要清清楚楚地告诉他，酒除了喝，还可以有别的用途。可你的语言在他那里总是苍白到无力。

是突然做出这样的决定的。这么多年，双方意见终于惊人地达到一致。从那栋楼出来，你们之间的关系就彻底变了。望着同样舒展的他，你明白自己总算做对了一件事。

送你到车站时，他笑问原因，你淡淡地笑。

希望我们今后都过得好。你们挥手说再见。

你总会想起父亲在电话里背给你的那句杜康酒广告词：何以解忧？唯有杜康！浑厚有力的声音穿过漫漫长夜，日子就这么一天天地过来了。

辞工刚离开时，你还以为自己会不习惯。

的确是有不习惯呢。流水潺潺的木屋前你和周奶奶晒太阳，周奶奶拢着你的头发说人这一辈子呀，走着，经历着，慢慢地就什么都会了，都懂了。说着，周奶奶望着你笑，这肚子尖尖脸上印着蝴蝶斑，一定是个和她娘一样漂亮的女娃。

你笑，忍不住将目光舔过去。粉嘟嘟的小脸儿躲在被窝里睡得正香。炉子嘶嘶地送出袅袅轻烟，幻象消散又涌来，诱得阳光从窗格跳下来暖上你的脸。

闭上眼睛的你竟不自觉地醉了。

最后的微笑

有些事情终会梳理出一条脉络。有些以恨为名义的冲突和混乱，其实背后却是浓得化不开的爱意。因为爱而痛苦，因为爱而幸福。

罗小猛说，人生的幸与不幸，就在于你有一个什么

风吹过

样的老爹。

他说这话的时候，距离他那次犯事已经过去三年零七个月，距离他再次走出看守所大门也已经超过一年。

然而事情的最初，随着铁栅栏门哐当关上那一刻，罗小猛实际上已经感觉到自己的人生就此被截成了两段。只是这个时候他还没有真正反映过来，依然还寄希望于老头子再发挥发挥余热，把他这个家里唯一的宝贝疙瘩，打这看守所里给快点扒拉出去。

毕竟这次比他犯事还严重的大强，都已经又在外边搂着小妞灌扎啤了。这囚室虽说是单间，但还是热得他妈的让人不想活。

问题是囚室墙上的日头一直从六月转到九月，甚至已经到了十二月，眼看要过年了，罗小猛这才突然明白了现实，原来先前老头子托人带给他话说要"好好表现"，竟然不是什么暗示，完全就是照字面上的意思来理解！

大强最后一次来看望时也破口大骂，说你家那老头子就他妈的是有病！原本我爸是要把我们俩一块儿捞出去的，我前段儿才听说是被你爸硬生生给拦住了。

罗小猛不信，但是不得不信。这真的是老头子能干出来的事情。自从自己的妈十多年前死后，这老家伙的脾气就越来越怪，渐渐地就有点六亲不认的冷酷无情。要不是自己那早逝的妈临咽气前拉着老头子的手说照顾好娃，老家伙随时都有把自己这块青皮喂狼吃了的可能。

人家都说虎毒不食子，但是那段时间老头子看罗小猛的眼神就像看到不共戴天的仇人，让罗小猛此后很多年一想起都是不寒而栗。

第四辑　请允许冲动

也难怪，据说罗小猛老妈的死和罗小猛有关，可能也因为气死老妈谈起来也不是什么光彩的事，罗小猛对此一向是三缄其口，避而不谈，这反而再次加重了嫌疑。我们唯一能知道的是，无法无天的罗小猛最出格的一件事就是偷走自家的房产本拿去抵押。这事后来闹得很大，弄得老罗家差点就此被从自己的房子里扫地出门。具体情况当事人不讲外人也不太清楚，但是众所周知的是这一家三口曾经关门落锁到附近旅馆睡了快三个多月。

以老罗当时副局长的身份弄到这个程度上，这种事情听起来好像是天方夜谭。但是后来夫人过世后，老头子那像要把罗小猛给生吃了的眼睛里，投射出来的恨意可是真的。所以众人尤其是罗小猛，也就只有相信就是他自己搞出来的那些破事，害死了自己的老妈、老头子的老婆。

如果这算是一报还一报的话，罗小猛觉得自己还真他妈的是没有啥话可说了。

没有啥话可说的罗小猛就只有跟着墙上的日头反思。不反思不行啊，不然罗小猛觉得自己会被大把大把的时间逼傻。然而反思的过程就像吃一堆狗屎，吃到最后罗小猛诧异地发现或许自己竟然连堆狗屎也不如。

这是何等的悲哀，这是何等的无趣和缺乏意义。如此消沉和深刻反省自己的罗小猛，后来就成了号子里最安静的犯人。安静到狱方都不好意思不发给他一张模范奖状。

生活就是这么充满戏剧和暗讽。罗小猛还从来没获

风吹过

得过这么多的肯定，打幼儿园起，他老子老罗甚至揍得他满嘴流血过，但是也没能让他往好学生的队伍里挤进半步。现在，罗小猛觉得自己的生活还真他妈的就是一堆硬邦邦的狗屎，而自己偏偏还被压在这狗屎下面无法动弹。可能就是这种感觉，让罗小猛后来变得破罐子破摔，但却不是自暴自弃。他精研技术，和自己的搭档神出鬼没，几乎撬开了大半个城市任何值得撬开的锁。也许是罗小猛的撬锁技术太好了，以及作案过程太过文质彬彬，不但公安一直抓不到把柄，很多失主似乎竟然没有发现自己保险柜里的宝贝缺斤短两甚至踪迹全无，以至于鲜有人报案。

后来公安在谈到这些案子的时候，也不得不感叹罗小猛这家伙眼光毒运气好。而即便是他的归案也充满了戏剧性。当时他随手抓起一个花瓶给自己同伴脑壳开了瓢，然后解开屋主，让对方报警。罗小猛供述说自己一定是犯了失心疯。屋主维护说罗小猛是自己请来的工匠不是坏人。而那个"真正的坏人"则破口大骂罗小猛混蛋，见色起心出卖兄弟。弄得警察也是哭笑不得，不明白这帮人到底唱的是哪出戏。

老罗竟然来探监，这是破天荒来的头一次。

老罗拉着罗小猛的手，说了一声娃子啊，泪就忍不住掉了下来。

罗小猛这时一点也都不"猛"了，从小开始不知积攒了多久的泪水一下子全开了闸。

那场景以至于已经超过了探望的时间，狱警几乎都忘了去提醒。

小罗说那个女的让我想到了我妈。

老罗说,我知道。其实不怪你,是我那个质监局副局长的位子,害了你们娘俩儿。

小罗说,别说了,我知道你也不容易!

——爸。

父子俩抱头痛哭。

踏歌行

有时候等来的并非是结局,而是无言的痛苦。但是在这一切还未明朗之前,至少还有短暂的幸福可享。

刘齐在书柜上贴一纸条:书与老婆,概不外借。

但我知道那时我们家还有另一个不成文的规矩,亲戚朋友,概不留宿。

其实也不是不留宿,而是巴掌大的地儿,被五合板隔成了卧室、书房兼客厅。关起门来放屁打呼噜都是自家的事,多个人就多双眼,多两个耳朵,怎么着都觉得不自在。好似空气稀薄,多个人就没法畅快呼吸。

但这条规矩到了三姑那里却形同虚设。自从三姑知道 25 路公交可以直达小区楼下后,隔三岔五的三姑就开始不请自来。比如那次,三姑是来给我送荠菜饺子的,可眼看着都一个星期多了,三姑还没有要走的意思。

风吹过

其实三姑来家小住，最有福的当属我。厨房当然是不用进了，还每天都变着花样翻新。小客厅没有了往日的凌乱，整个房间前所未有的清爽宜人。望着逐渐光润的纤纤玉手，我是真心不舍得三姑离开。但一想到刘齐那恶狠狠的目光，恨不得想把人咬死的凶相，以及夜里频繁甩过来的脊梁，说出口的话还是拐了个猛弯。

三姑笑了，择菜的手一刻也不停，边摘掉芹菜叶子边说，说不急呢，不急。我这不是想着回去也没啥事么，在这儿吧，还可以多帮帮你。这样，你就能腾出更多的时间忙你自己的事儿。这天眼看就热了，我寻思把你的被褥都给拆洗下，还有窗帘，也卸下来洗洗。望着喜滋滋的三姑，望着三姑鬓角的白发，我不得不再次败下阵来。

晚上，我刚想把三姑的话转给刘齐听，却被刘齐一翻身压在身子下。喷火一样的刘齐，凑到耳边说，不管了，等不及了！说着就开始又扒又扯，急得我一时使出了狠招不管不顾地又掐又拧。哎呀，哎呀的刘齐，翻身跳到地上，拉开抽屉就给自己点了一支烟。猛吸两口才憋着嗓子问，这都几天了？让不让人活了？你三姑到底什么时间走嘛？要不，明天我直接请假送她？

气得我只好又狠狠给刘齐的屁股来了一脚，说，有本事你买个大房子啊！

先不说这句话之后刘齐和我冷战了多长时间才冰雪消融。而是枫叶红时，我突然开始嗜辣嗜酸，市场拐角那家陶罐里腌制的雪里红买回来，切吧切吧浇点醋，我就着白开水一会工夫能吃掉半碗。坐在沙发上

第四辑 请允许冲动

的刘齐先是忧心忡忡地望着我说，你别是生病了吧？话未及说完，人就一下子跳了起来嚷嚷，天啊，你别是怀孕了吧？

正大肆咀嚼的我一下子愣住了，一股寒气从后背悠忽升起。

刘齐是知道我的。晚上，他握住我的手摇了几摇，才说，来得早了，再过几年吧。

嗯声未落，刘齐一下子就把我抱进了怀里。虽然看不到刘齐的脸，但通过他身体颤动的频率我知道，他一定是流泪了。一定。那一刻，我的脑海里一片空白，我不敢抬头看刘齐的脸，也不敢开口说话。我怕，怕自己一张口，会后悔。

那是第一次躺在手术台上，羞涩、惶恐和害怕都是在所难免的。

后来的两次，我和刘齐都已经不像当初那么惊慌失措了。我们熟门熟路，包括选择医院和医生，甚至学会了讨价还价。

五年后。经过努力打拼，我和刘齐终于住进了复式双阳台大户型高层。

房子面窗临湖，远远望去湖面如绸带般青翠透迤。搬进去的当晚，刘齐和我就不约而同做了个决定。亲热过后，刘齐将脑袋埋在我的怀里说，三个吧。两个男孩，一个闺女。反正咱家房子够住了。我微笑着摇摇头，摩挲着刘齐的头发说，不，五个。我要五个。

那时的我们还不知道，先前的失误对身体造成的伤害有多大，满怀憧憬的我们站在落地窗前，望着窗外的

风吹过

万家灯火正一再陶醉。

而最宠爱我的三姑已经离开一年多了。

又 生

人总会有一些奇妙的际遇，遇到一种，或许并未曾真正展开的人生。具体的情景，也许只有浑浑噩噩的当事人才懂，但你却是那未知存在的证明。

又生——

她叫你"又生"。

每次她都这么叫你。

声音甜滋滋的，透着少女才有的活泼与俏皮。

不对，或者她叫的是友生，有声什么的。但你却在心里坚持认为是"又生"不是其他。

又生——

现在，她又在喊。并伸手拍拍枕头说，来啊，又生，来，上来把鞋脱掉，睡这里，叫我好好看看你。哎呀，又生，你看看你都瘦了。这段日子到底死哪儿去了？到处鬼混也不知道回来。说完，看你没听见似的理也不理，只顾偃偃地走远。她又开始抱怨，又生啊，死没良心的，又去哪儿？又去哪儿啊，家不管，孩子也不管，你说说你想弄啥哩？

一开始，你吓了一大跳。觉得这老太婆真是疯了，怎么说话颠三倒四的，简直不可理喻。但很快你就从周

第四辑　请允许冲动

围人捂着嘴的笑意里明白过来了。老年痴呆，可不就是疯了么。

不，也不算太疯。大多时候，她都安安静静地坐着或躺着，只有在你经过的时候，突然坐起来。大着嗓门嚷嚷，弄得整个廊道里都荡着她的回音。

于是，你开始有意躲着她。实在躲不开的时候，也是磨磨蹭蹭好久才走到她跟前，到了，总是带理不理的快刀斩乱麻。把必须要做的事给迅速做完，做好，就快步离开。

久了，就有人故意逗她也逗你。看见你来，就赶紧提醒她，哎——快，快，你家"又生"来了！然后看她开始唠叨和抱怨，又好心地叮嘱说，哎，你家"又生"一直不来，好容易来了，对你家"又生"好点啊。

你呢，则完全弃耳不闻。只顾手脚麻利地给她用最快的速度扎上点滴，半个小时左右再过来一趟去掉点滴。至于中间她喋喋不休的念叨，你压根就没用耳朵听。你当然是不会应的，因为你根本就不是"又生"嘛。是的，这里是医院的老年一科，作为高级男护，她算是你老病号其中的一个。你的病号差不多都是六十岁朝上的老头或者老太。

刚来上班那时，每天面对着呻吟、唠叨和死亡，你天天嚷着要离开。后来，随着时间推移，你虽然还惦着要离开，但已经不像当初那么强烈了。当然，这些和她没有半毛钱的关系。

虽然大多时候，她经常会候在那里，待你来了，

风吹过

便望着你，红着眼睛委屈得不得了。这一切都让你觉得尴尬又好笑。这算什么吗？哄也不是，不哄也不是。哄吧，又不知该如何哄，心情大好时，你便拉着自己耐下性子听她说，也试图微笑着，看着她。有时，她说得实在太离谱了，你才会佯怒瞪她一眼，然后掉头走开。

你把这当作玩笑讲妻子听，笑嘻嘻的。

妻子听了也抿着嘴笑，然后捶你一拳说，哎呀，对人家好点儿。

再经过她的病房时，你不躲避了。有时，老远路过，会忍不住朝她那边望上一望。她再嚷嚷着喊你"又生"时，你也会停下脚步笑着问，谁是"又生"？谁是"又生"？你看清楚了再喊啊。她听了非但不恼，还非常热烈地说，又生，你就是又生嘛。看你，又生咱别闹了行不，咱回咱家吧。没多久，弄得医院里所有认识她的人，都知道她的男人叫"又生"，年轻时的模样应该和你生得非常相像。而你，似乎暗地里也习惯了这一切。

她出事那天，你正好休假在家。隔天上班，看到她的病床空了，问了后，心里竟无端空落落起来。一整天的，你谁也不想说话。

多日后，在护士站无意"碰"到她的女儿，一个三十来岁的女子，低眉顺眼的。你几乎是不假思索就跟着她出了楼道。在医院门口，你和她不期而遇，你微笑着友好地和她打了招呼，然后装作很随意的样子问，你爸爸的名字是不是叫"又生"啊？

看女子愣愣地摇头，你觉得奇怪，耐不住又多了句

第四辑　请允许冲动

嘴,那你周围认识的人中有叫"又生"的人吗?女子"扑哧"笑了,说你到底想说什么呀?

你也这样问了下自己。

那个瞬间。

第五辑　祝东风

把酒祝东风，且共从容。垂杨紫陌洛城东。总是当时携手处，游遍芳丛。

聚散苦匆匆，此恨无穷。今年花胜去年红。可惜明年花更好，知与谁同？

欧翁的词仍在，流传千古。只是"明年"更好的红花可能依旧，却又是"知与谁同"好吧，且让我微笑着"祝东风"。

人　烟

何为人烟，人间烟火当是；柴米油盐酱醋茶当是；夫妻吵架闹别扭当是；儿女孝顺或者不孝顺当是；为鸡毛蒜皮闹得左邻右舍皆不安宁的当是。可闹腾归闹腾，不乐意归不乐意，吵闹过后一家人还得相互扶持着朝前过更是。

得贵一大早出门，看见在屋子里躺了一个星期的老爷子竟然起床了。

> 第五辑　祝东风

正坐在大门外那把破躺椅上，抱着自己的膝盖望着半空中铺排过来的云朵发愣。

犹豫了下，得贵还是返屋把情况给桂珍说了。末了，得贵叮嘱说，你可要看好老爷子，千万别让他今儿个一个人出门，要是他再跑到史家庄闹腾，那别说拆迁费和新房子，怕是鸡毛都没得给咱了。

说完看桂珍依然虎着脸不吱声，得贵就揉了揉桂珍，说你可千万要记住了。

老头子明显今儿个心情又不好了，他脾气倔，话头上容易急，你心里知道就好了，语气上多让着点哄哄，能过去就过去了，不能老叫外人跟着看笑话。

桂珍却掉个身气呼呼地质问，厕所堵住一个星期了，你也不管修，眼下，房东来催问几次房租和水电费了，你倒说说，这破日子啥时候是个头？！

得贵伸出去的手眼看就拍到了桂珍的肩头上了，听到这话却又慢慢缩了回来。站住身兀自望望窗外，说等往后搬到新房子里不就好了，照咱家的情况，能分个三室两厅不成问题的。

桂珍不接话却再次发急，那你说房租咋办？得贵却像没听见似的答非所问，老头子若是真想出去转转走走，你可千万要跟着他，别让他自己单独出门给闹点事。

中午，桂珍早早做好汤面给老爷子端了去，老爷子却看都不看一眼只顾阴着脸换鞋，换好也不和桂珍搭话，倒背着手就朝外走。看看外面密织的雨，桂珍叹口气，还是抓把伞追了上去。这次，老爷子倒是没躲开桂珍手里的伞，但依然是一副谁都不搭理的表情，扎着头不说

风吹过

话只顾朝前走着。

路上看见卖小酥梨的，桂珍讨好说，爸，买些回去给你煮冰糖梨水可好？润嗓子呢。

隔了好久，老爷子才从嗓子眼里冷哼了一声反问，得贵家的，你这样寸步不离地跟着是怕我丢？还是把我当三岁娃子？一下子说得桂珍的脸一热，闭了嘴。但念起得贵的叮嘱，又不好真的返回去不管，所以尽管心里不情不愿的，但脸上依然展着笑，攥着伞步步紧趋。

好在史家庄不远。二十多分钟后桂珍就看到了自家那座还伫立在风雨中的二层小楼。

以前淹没在群楼里不觉得，如今在瓦砾遍地的垃圾堆上倒显得鹤立鸡群。看见自己的家，桂珍不由就念起以前住在里面的千般好万般好来，再念及眼下的寄人篱下的种种不便，心里不由跟着发酸发涩。伫立了半晌，望着，倒忘记了此行的任务。

等发现老爷子的身影闪进小楼时，桂珍心里还讶异老爷子这是要干嘛来着。阻止不及的桂珍抱怨着，脚下一滑差点摔倒在垃圾堆上。但同时心里已经拿定主意，明个起，自己还是到之前的那家饭店帮工去，说啥也不愿再听到得贵的狗屁理论，让守在家看护老爷子。管公家到最后按照什么划分，桂珍觉得那对她都不重要。她只想恢复平静，早点从出租屋搬出去。

这么想着，再抬起头，老头子已经坐在二楼的窗台上。这情形让桂珍想起很多新闻上报道的跳楼事件，一下子惊出一身冷汗的桂珍不由颤着音发急，爸！爸！您这是要干吗啊？就咱家这破楼就是真拆了有啥嘛，到哪

第五辑　祝东风

还不是住？就是租房子也是暂时的嘛，你看看庄上谁家没搬没拆，咱家若是还一再闹腾，那不就成了人家所说的钉子户了吗？！

没想到平时傲得不得了的老爷子此时却拍拍自己的大腿哑着嗓子说，哪个说要跳楼了？我这不是寻思上来看看么。还真是老了，不中用了，这一上来腿就抽筋了，一时半会怕是下不去了，得贵家的，你来拽我一下把我扶下去。

明白了老爷子并不是去寻死，桂珍又觉得好气，那还爬那么高干吗？

想起前段拆迁时电视上闹腾过的那些轰轰烈烈的新闻，桂珍的心里有些小兴奋，想要是恰好有拍电视新闻的记者路过，倒不如和老爷子商量下来个假跳，那样怕是又一出好戏。但想想胆小怕事的丈夫，又有些失落。

扶着老爷子往回走时又遇到那家卖小酥梨的，风雨里蜷在太阳伞下缩成一团。

老爷子停下来看着桂珍不吱声，桂珍心里明白老爷子的意思，却故意装作不知道，只顾皱着眉头不耐烦地说，别磨蹭了，快点走吧。

雨，不知何时停了。

天，依旧阴沉沉的。

风吹过

俏俏小媳妇

俏俏小媳妇就像我们身边认识的某个人的媳妇，人很平凡，挤入人群你就会忘却和找不到。她们或许人不是很俏，但有一颗玲珑的心。如果你觉得俏俏小媳妇不是很美，那是你没好好用心读这篇小说。不信，就进入到文章来看看——

没想到半年后，老太太真迷上了扭秧歌。

迷上后老太太就闲不住了，今天排练节目，明天要去社区演出，每天忙得不亦乐乎，回家的次数当然就渐渐稀了。前几天老太太一进门，呵，新烫了蘑菇头，配上刚来时俏俏给买的那套葱绿套装，咋看都不像是六十多岁的人。脸上的皱纹里也喜洋洋透着美。

瞅见老太太和人在菜市场那边的摊位上吃米线，俏俏的心里着实受了惊，忽闪一下就把自己藏进了旁边的豆腐坊。

改天再见老太太出门，俏俏递给老太太一把绢布做的兰花扇。妈，天热呢，你在外面要是出汗了，还管扇扇风。

隔天，又私自抓着一把零钱朝老太太手里塞，说暑热呢，随时可以买根冰棍降降温。

老太太立定身子望着自己的儿媳妇望老久，眼眶里亮闪闪的光影是直打转。

第五辑 祝东风

后来，不出去时，老太太就和俏俏在屋里唠闲。净是些闲七闲八，老太太却说得起劲。

俏俏也不急，手脚麻利地摘着豆角听，择着青菜听，时不时望着老太太笑笑，鼓励她说下去。

两个月后的一个午后，老太太破天荒一整天都没出门。黄昏时，冲着俏俏招招手说，你来。

俏俏就预感有事，紧赶着进了老太太的屋，坐在老太太身边捉住老太太的手。

老太太屋里的电视开着，声音被老太太屏蔽了。广告还在一闪一闪地映照着老太太的脸，俏俏就侧着身望着老太太笑，说，妈，你说，我听着呢。

老太太稳了半天情绪，开始哽咽着给俏俏讲。讲自己很早就离去的老头子，讲自己的三个儿女。然后，又讲到自己的秧歌队。

明白过来的俏俏及时打断老太太的话说，妈，你看你，叫我咋说你才好呢。你杂七杂八说这些都不顶用。你心里顾虑这顾虑那也不顶用，其实你只拿定主意了，只管给我说说你内心里的真实想法就中。我知道你心里咋想的，才好决定做不做。

老太太却长长叹口气说，憨媳妇，你说得轻巧，这事没那么简单。别的不怕，单就贝贝他爸爸那脾气就不行。我心里也是担心这，弄不好这事将来给你惹麻烦。

俏俏一拍巴掌说，不会！我不怕麻烦。妈你这话就表明了你的态度，我知道你心里咋想的了。你只管放心，以后天塌下来，有你儿媳妇马俏俏给你顶着！

马俏俏没想到自己的脸颊当天晚上就被自己的丈夫

风吹过

捆了五个指头印。

大姐三弟后来更是红着眼睛找上门来闹。

大姐说唾沫星子淹死人,你不在农村,风言风语你咋能听得到?

三弟说再咋着说俺家的事,也轮不到你一个外姓人当家!

俏俏递着热茶递着笑,姐,喝茶,喝茶,咱先喝茶!锅已经添上水了,等开了咱就煮饺子。

三弟却似笑非笑地说,二嫂子,莫非你捞着人家不少好处?

茶杯就是在此时被俏俏"啪"一下给摔倒地上的。三弟愣了下说,你这是啥意思?咱们家说话到底还有没有民主权?俏俏却问,三弟,你你今年多大了?你知道咱妈今年多大了?

沉默了会,大姐先表态,说丑话我可是先说前头,要是没几天觉得那边待不下去,要回来咋办?我的意思是那边也是有儿有女的人,也不知道人家啥态度。

俏俏却端出两大盘热饺子说,先吃饭。天大的事,吃完饭再说。

半夜,俏俏家那位抚着俏俏的小脸蛋问,你一个媳妇家咋这么胆大?这事也不怕外人笑话?

俏俏却叹了口气说,家里房子这么紧,多个人挤不挤?

第五辑 祝东风

私 奔

从古到今私奔似乎从来都是两个人的事，在这篇小小说里居然变成了三个人事。三个人是如何私奔的呢？那么请看——

大姨说，你认识赵小光吧？

我赶紧摇头，他是做什么的？是男是女？

大姨就咬着嘴唇说，是个流氓，也是你们鞋厂的，听说在质检部。听说小爱就是和他在一起。我对大姨说，姨，您别伤心，要是真在质检部，我晚上找几个伙计蒙住他的头狠揍他一顿，不然就打电话报警，说他诱拐妇女，让派出所去几个人抓走扁他一顿！总之，打他个皮开肉绽，看他还敢不敢！

大姨"哎呀"一声，说，那可不能啊。咱家是只要把咱小爱哄回来就好。别报什么案，也别叫你伙计揍他。我板着脸继续咋呼，说，姨，您也太好心了，像这种货，必须得揍，往狠地揍，揍了就服帖了，听话了。

大姨忽地站了起来，语气硬硬地说，宏，你要是打这么弄我可就不叫你管了。别咱小爱的事没弄好，又把你也搭进去。到时候，我得操两头的心！

这真是太煎熬人的演技了，如果不是硬死盯着桌子上的发财猫，捎带狠掐了自己那么一下，我指定会笑出声了。还好，我还能硬端着脸说，那好，姨，我只听您

风吹过

的话，您说叫我咋整就咋整。大姨说，这样，你帮我约一下赵小光。我想单独和他见面聊。

犹豫了下，我赶紧说，姨，不是我不给你约，我连赵小光是高是矮都不知道，没法约啊。大姨却冷笑着说，我都打听好了，就在你们后勤质检部，再说，就是不好弄才交给你的，要是好弄姨还跑这趟儿找你干啥？！

得！看来我只能硬着头皮上。

在大姨离开后的十五分钟里，我独自坐在小花园里抽了三支烟，引得一只纯黑色的流浪狗诧异地望了我好几眼。

我给表妹小爱去电话，电话却无法接通。

没办法，只好去找赵小光。一见面，我就使劲擂他一拳说，小子行啊，连我表妹都不放过！赵小光龇牙咧嘴地说，你吃错了哪门子药，是你表妹死缠着我不放好……

未等他说完，我的第二拳就送了出去，说你他妈少给老子说这些，现在你小子好事来了，你丈母娘想见你！你去不去？

赵小光却说，你这货不是说好替我兜着吗？咋这么快就把我出卖了？

出卖？我的眼睛差点要冒火了，你值几个钱！老子犯得着出卖你吗？

看小光垂着头不吱声，我只好缓和着语气说，没准这是件好事。你小子好好收拾下，见了说话诚恳点，保不准一见面，先前积存的成见都烟消云散了。

小光却继续冲我急，你倒先说说怎么个散发？

第五辑　祝东风

实话实说。我火气大大地说,男子汉大丈夫,有点担当不就行了。

实话实说?赵小光问,我没搭理他,扭头就朝外走。不曾想,差点撞到人身上。

没想到竟然是表妹,她拎着一兜橘子冲我笑,吃不吃?

看我继续板着脸,表妹竟然"扑哧"一声笑了。说,宏哥哥,这橘子甜着呢。

那个人还不错,我表妹愈发漂亮了。

我想这么给大姨回复,可是又觉得不妥。没准,大姨早就知道这中间是我牵的线。

你有什么好招支一个?